カノジョに浮気されていた俺が、小悪魔な後輩に懐《なつ》かれています

My coquettish junior attaches herself to me!

4

「ゆ、悠太くんが大人になってる……」
相《あい》坂《さか》礼《れい》奈《な》
悠太の元カノ。悠太の大学近くの女子大に通っており、悠太とはその学祭で出会った。
Situation 1
元カノと、再出発。

Situation 2
女友達の家で。
「あんたグラタン
好きだったわよね？
それ作るから」
美《み》濃《の》彩《あや》華《か》
悠太とは同じ大学の同期
で、高校時代からの気の
置けない友達同士。

「だから、もし短期間お試しで付き合う相手がいたら、悠太くんの恋愛に対する指標がはっきりするよねって話してたの。あくまで、例え話でね」

「その話、詳しく！」

「うん、今話してるから……」

志乃原の食い付きに、礼奈は困ったように眉を八の字にする。

見かねた俺は志乃原の首根っこを摑《つか》んで、礼奈から引き剝がした。恨めしげな目をした後輩が、口を尖《とが》らせる。

「どうです先輩、私で一定期間
恋人生活をお試しするのは」
志《し》乃《の》原《はら》真《ま》由《ゆ》
悠太と同じ大学で、一個下の後輩。天《てん》
真爛漫《しんらんまん》な性格だが小悪魔的な一面も
あり、なにかと悠太をドキッとさせる。
Situation 3
仮交際の始まり。

Situation 4
後輩と、観覧車。

「私のこのドキドキは、恋ですか。それとも、異性に身体《からだ》を近づけた時に起こる、生理的な現象ですか」

「そんなこと――」

分かる訳がない。たとえ脳髄を覗《のぞ》ける能力があったとしても、それを読み解くことは困難を極めるに違いない。

恋なんてものは自覚すれば恋だし、自覚しなければ恋ではない。そんな定義も何もない、曖昧な概念に過ぎない。

恋という単語が聞こえの良い響きだから、広く使われているだけの話だ。

それをハッキリさせるための行為なんて――

「キスをすれば、分かると思いますか？」

Short Story

好きな季節を質問してみた

♥真由の場合……

「好きな季節は？」

「最近は夏と冬が好きですね」

「普通こういう質問って答え一択じゃねえの」

「先輩の常識は私の常識じゃないんですよ！」

「なるほどー」

「ま、また流されたー！」

♥礼奈の場合……

「好きな季節は？」

「春かなあ。出会いの季節って、なんか素敵だし」

「確かに。桜並木を歩く中高生、青春って感じするよな。これから色んな出会いがあるんだろうなあって」

「うんうん。秋も学祭とかあるし良いよね。学祭でも――あっ」

「ん？」

「私、秋が好き」

「え、なんで変えたんだよ」

「ふふ、内緒っ」

♥彩華の場合……

「好きな季節は？」

「冬ね。牡蠣《かき》とか蟹《かに》とか、あとフグ料理、おでんとかも美味《おい》しい季節だし」

「おお、言われてみれば魅力的なラインナップだな」

「秋も悪くないんだけどね。サンマ、梨、栗ご飯とか」

「うん、確かに」

「でも夏も捨てがたいわね。スイカ、素麺、かき氷……」

「食うことしか頭にないことは分かったよ！」

カノジョに浮気されていた俺が、小悪魔な後輩に懐かれています4

御宮ゆう

角川スニーカー文庫

22690

My coquettish junior
attaches herself to me!

design work:中村晋弥(LUCK'A Inc.)　illustration:えーる

プロローグ

私は、自分のことが好きだ。

大抵のことは要領良くこなせるし、足りない部分も勿論《もちろん》あるけど、それを補って余りある長所が自分にあると信じている。自分のことを好きにならないと、自分が可哀想《かわいそう》だって思う。

だから、これからも自分を好きであり続けたい。

でも、一つだけどうしても許容し難《がた》いコンプレックスがあった。

——私は、恋を知らない。

これまでの人生で、異性を本気で好きになった経験がない。この人良いかもな、と漠然とした想《おも》いを抱いたことはあるけれど、その気持ちは寝て起きたらどこかに霧散してしまっている。

先輩には、最後に男子を好きになったのは小学生の頃だと伝えてある。そういうことにしている。

だってこの年齢で、一度も本気で恋をしたことがないなんて、きっと信じてもらえない。

信じてもらえたとしても、きっと引かれてしまう。

好き、好き、好き。

中学生の頃までは、恋に一喜一憂する人は馬鹿みたいだなと思っていた。

そんなに泣くなら恋なんてしなければいいのに、って。

でもそれが一般的な思考回路じゃないことを理解してからは、私も友達の恋バナには笑顔で応じるように意識していたし、気力を使えばそれもできた。

だから、たまに疲れてしまう。

十九歳の誕生日も、私は友達に祝ってもらった。遊動《ゆうどう》先輩に浮気をされたことについて沢山慰めてもらったけれど、私はちっとも傷付いていなかった。

そんな恋に疎い私を、そのまま受け入れてくれているのが先輩だ。

冷めた口調からも、確かな信頼を伝えてくれる。

「私、先輩のこと良いなーって思いますよ」

「……何言ってんだお前」

呆《あき》れたような表情でこちらを見る先輩に、私は嬉《うれ》しくなって口角を上げる。

6

好きの種類は、一つじゃない。
今は、それでいいと思う。

第1話　再スタートの意味

新歓シーズンが終わりを迎えようとしている。

花盛りに咲き乱れていた桜の木々には、今や花弁は僅かしか残っておらず、代わりに新しい緑葉が混じり始めている。

時折感じる肌寒さも次第になりを潜め、日が昇ってから間もない早朝でも比較的快適だ。

時刻はまだ朝の六時過ぎ。

それなのに俺は最寄りのコンビニから、ビニール袋を引っ提げて帰路についていた。

こんな時間から活動を始めるのはいつ以来のことだろう。

この時間まで一睡もしないで起きていたことは、多々あるのだが。

寝巻き姿にサンダルといった格好は、多くの人が出歩く時間帯に外へ出れたものじゃない。許されるのは、この時間だけの特権だ。

正面から犬の散歩をしている老人が会釈してきたので、俺も軽く頭を下げる。

見知らぬ人と目が合ったという理由だけで会釈をするなんて、この時間帯ならではのことかもしれない。

自宅に到着すると、俺は玄関先にビニール袋を乱雑に置いた。

袋の中から数日分の朝食が顔を覗《のぞ》かせる。菓子パンやおにぎりなど、学生の味方《みかた》である安価なラインナップだ。

俺は菓子パンだけを手に持ち、部屋へと歩く。カーテンを閉め切っている部屋は未《いま》だ薄暗いが、俺は構わず菓子パンの封を開けた。

今日早起きしたのは、一限目から出席点の配分が高い講義が入っているからだ。履修登録期間も終わったため、欠席をするごとに単位を取得する難易度がぐんと上がる。

楽に単位を取れるに越したことはないので、念のため起きなければならない一時間前から五分間隔でアラームを設定していたのだが、何故《なぜ》か今日は一発で目覚めてしまった。

「……冷てえ」

ぽつりと呟《つぶや》いてから、菓子パンを口内に押し込んだ。

最近は温かい食事がすっかりメインとなり、コンビニに行く頻度もガクンと落ちた。健康的になったものの、その分菓子パンを素直に美味《おい》しいと思えなくなっている気がする。

そのことに若干の寂しさもあるが、それは贅沢《ぜいたく》というものだろう。

そんなことを考えながら、意識を覚醒させるために菓子パンを咥《くわ》えたままカーテンを開けた。

更にスマホの画面を見れば、完全に目覚めることができる。

俺は眩《まばゆ》い朝日に片目を閉じながら、スマホを確認した。

『今日は寝るの早いんだね。おやすみっ』

昨日届いていたメッセージだ。

日付が変わる直前の内容だが、俺が夜更かしをする頻度を知っている人ならばそんな言葉も出てくる。

だが、相手は彩華《あやか》でも志乃原《しのはら》でもない。

送信元には、『礼奈《れいな》』という文字が表示されている。

俺はトーク画面を開きながら、先週の出来事を想起した。

——ゼロからのスタートと、礼奈は言った。

あれから一週間、俺たちは毎日ラインで言葉を交わしている。毎日といっても、頻繁にラインをする訳ではない。たった二言、三言話すだけだ。

それでも少し前では考えられなかったくらいに穏やかな時間が、俺たち二人の間に流れている。

『おはよ。今日は一限なんだ』

そう送ってから、俺は一瞬指を止める。

そして『珍しくアラーム一回目で起きれたよ』と続けて送った。

礼奈は俺が毎朝何度もアラームを止めてしまうことをよく知っている。俺は意外にもデートに遅刻することが殆《ほとん》どなかったが、それは間違いなく等間隔で鳴り続けるアラームのおかげだった。

……デートか。

かつての俺たちは、そんな仲だったのだ。

久しぶりに煙草《たばこ》を吸いたくなって視線を巡らせるが、禁煙に成功して数ヶ月経《た》った自宅には空箱すら置いていない。

「……くそ」

誰に向けるでもなく、呟いた。自分への呟きかもしれない。

礼奈と付き合っていた時間は、当時の俺にとって間違いなく幸福な時間だった。告白を受けた礼奈は「私が幸せにしてあげる」と言っていた。その通りに、なっていたのだ。

それを壊したのは、俺自身。

この一週間、礼奈のラインが届く度に胸がズキリと痛んだ。

画面越しに礼奈の表情を確認することはできない。文字を打っている礼奈は、一体何を想っているのだろう。

だが俺には本来、そうした想像をすることすら許されないのかもしれない。

俺たちが曲がりなりにも関係を再スタートすることができたのは、単に礼奈の懐の深さに他ならない。

だがもう、戻れないのだ。あの時間をそのまま今に置き換えることはできない。

そのことをお互い理解した上で、漸《ようや》く俺たちの再スタートが成り立っている。

志乃原や彩華との関係とはまた違う、歪《いびつ》な関係。

それでも、今になって思う。

あのまま関係が切れていたら、時間が経過しても胸につかえた思いは取れなかったはずだ。

自ら離れようとしておいて、和解した途端にこんなことを思ってしまうのは自己中心的だと分かっている。

自分でも、自己嫌悪をしてしまうほどに。

……だが。

再スタートができて良かったと、思ってしまう。

◇
◆

早い時間帯に大学へ到着したおかげか、まだ学生の姿は疎《まば》らだった。

一限目の三十分前にでもなると、学内はいつも通り学生で溢《あふ》れ返ることだろう。

「先輩、元気なくないです？　一週間ぶりの私なんですけどー」

「普通だよ。朝はいつもこんなもんだ」

俺は平たい声で答えた後、自販機で購入したカフェオレを飲む。

五号館の二階にあるベンチに並んで座っているのは、志乃原だ。この大学で俺を先輩と呼んでくるのは、この後輩しかいない。

ベージュのカットソーに、華やかな赤色のスカート。

志乃原らしいコーデは、もう少し時間が経てば周りの視線を一身に集めることになる。それまでには講義室に入りたいところだ。

「先輩が朝弱いのは知ってますけど。さっきから全然私を見てくれないのは、どういう訳ですか？」

何と答えようか思案していると、志乃原が良いことを思い付いたと言わんばかりの声色で言った。

「心にもないことでいいですよ？」

「朝から可愛《かわい》いもの見すぎると、その後の時間がしんどい」

「あはは、じゃあずっと一緒にいればいいじゃないですか……それが心にもないことなんですか⁉」

視界の隅で、志乃原がのけぞるのが見える。

朝っぱらから後輩のハイテンションについて行くことができず、俺は小さく息を吐いた。

「もう、朝から溜息《ためいき》はエヌジーですよ。一週間ぶりの私だっていうのに、なんて贅沢な」

「……あー。もう一週間か」

俺は天井を仰ぐように見上げて、背もたれに思い切り身体《からだ》を預けた。

だが硬めのベンチは、俺が脱力することが気に食わないようで痛みを返してくる。

「先輩が、礼奈さんと会ってから一週間です。あの日から私もたまたま忙しくなって先輩の家に行けなかったですけど、まさかその間連絡の一本もないなんて思いませんでした！」

「お前も別に連絡してこなかったろうが。ラインしてくりゃ返信くらいしてたわ」

気の抜けたような声で言葉を返すと、志乃原が俺の肩を摑《つか》んでガクガクと揺らした。

「私は！　先輩からの！　能動的な連絡が欲しいんです！」

「あうあう」

揺らされるがまま声を漏らしていると、不意に手を離されてベンチから転がり落ちそうになる。

信頼して身体を預けていたのに何てことするんだ、なんて文句を一つ言ってやろうかと顔を上げる。

だが、志乃原の表情を見て思《おも》い留《とど》まった。

その瞳には、俺を茶化《ちゃか》すような色は宿っていない。茶化していないのに転ばせようとすることの方が恐怖を感じるが、今はその気持ちも他所《よそ》へ置いておく必要がありそうだ。

「先輩、どうでした？」

「……ここでそれ話すのか？」

志乃原が何を訊《き》いているのか察した俺は、視線を辺りに巡らせる。ところが、人っ子ひとり見当たらない。

まだ講義が開始されるまで時間があるからかもしれないが、それにしても誰もいないのは珍しい。

「ここで話していいですね」

「……へいへい」

志乃原の確認に、渋々頷《うなず》く。とはいえ、いずれ志乃原が家に来た時にでも話すつもりだった。あの日、年下だというのに、志乃原には随分と背中を押された。結果はどうあれ、俺が礼奈と再スタートできたのはこの後輩のおかげだ。だとすれば、その志乃原へ事の顛末《てんまつ》を話すことに憂いがあるはずもない。

「……お前の言う通りだったよ」

俺が口を開くと、志乃原は目をパチクリとさせた。

「私何て言いましたっけ」

「情状酌量の余地ありって言ってた」

自分の言葉に、思わず顔を顰《しか》める。

「余地あり、どころじゃないな。全部俺が原因だ」

俺が礼奈の気持ちを少しでも慮《おもんばか》っていれば。恐らく、あんなことにはならずに済んだ。俺の不甲斐《ふがい》ない脳みそに、相手の立場になるための皺《しわ》がほんの僅かでも刻まれていれば、あんなすれ違いは起こらずに済んだはずだ。

俺は唇をギュッと嚙《か》み締《し》めて、俯《うつむ》いた。本当に嫌になる。高校時代にいた榊下《さかきした》のように、故意に人を傷付けるようなことはしていない。

　そういった非道徳的な考えを持ち合わせていない自負はある。

　だが、結果的に礼奈を傷付けたのであれば、俺も同じ穴のムジナなのではないか。この一週間、そんな考えが俺の頭にこびり付いて離れない。

「要は、言葉が足りなかったってことですね」

「え？」

　俺が顔を上げてみると、志乃原は小首を傾《かし》げた。

「言葉が足りないと、すれ違って当然です。最後まで言葉にしなかったんだったら、最後まですれ違うのは当然じゃないですか」

　俺は志乃原に返す言葉が見つからず、口を噤《つぐ》んだ。

　……何も言わなくても、相手が察してくれる。

　そういった関係は、ある意味恋仲の理想型だといえる。だが所詮それは願望の域を出ないのかもしれない。片方が、或《ある》いは両方が何かしらを我慢する。

　その我慢の回数を少なくさせる方法が、言葉で互いの認識を伝え合うということ。

　そうした細かな関係の再構築を重ねていくにつれて漸く、時折相手が察してくれるという関係になり得るのかもしれない。

俺と礼奈はどうだっただろう。

……考えるまでもない。答えがこの現状という訳だ。

「先輩はこの一週間悶々《もんもん》と、それはもう悶々とご自分を責めたんでしょうね。顔に出てます」

志乃原はベンチで足を揺らしながら、言葉を続ける。

「でも先輩、言葉が足りなかったのは先輩だけじゃなくて、礼奈さんもです。礼奈さんもそれを自覚しているからこそ、先輩との関係を再スタートさせようとしたんじゃないんですか」

「それでも、別れるきっかけを作ったのは俺だ」

確かに志乃原の言う通り、礼奈が自分の想《おも》いを吐露していれば丸く収まったかもしれない。

しかしきっかけを作ったのは間違いなく俺で、自分の想いを言葉にすることをしなかった。礼奈も悪かったなんて、口が裂けても言えることじゃない。

「そんなきっかけ、きっとどこにだって転がってますよ。今回はそれが先輩側に転がってきただけの話だと思いますけどね」

志乃原は腰を上げて、俺の眼前に移動する。

俺に背を向ける志乃原は、後ろで手を組み、指をいじる。

どうやら考えを纏《まと》めていたようで、やがて俺に向き直った。

「それをフォローし合って、関係がどんどん深くなっていって。家族みたいになって。それが恋人ってものじゃないんですか？　まあ私は知りませんけど」

「知らねえのかよ」

真面目に聞いていた分、俺は口を尖《とが》らせる。志乃原がコクリと頷いた。

「知らないですよ、私そんなふかーい恋愛したことないんですもん。恋愛番組でまやかしの知識を付けた私から導き出される、ただの持論ですから」

「なるほど」

俺の家でもたまに恋愛番組を観《み》ていた時があったが、存外真面目な特集も組んでいたらしい。

少し過激な街頭アンケートの特集が印象的な番組だったので、意外な気持ちになる。

「だから、傍《はた》からお二人の話を見聞きした私からすれば、お互い様っていうのが正直なところです。でも先輩は先輩なので、きっと私の考えを理解しても納得はしてくれませんよね」

俺の胸中を察する言葉に、首を縦に振る。

志乃原の主張が世間一般的なものだとは思わないが、一応の筋は通っているので聞き流せるものでもない。

「であれば、先輩と仲良くなって結構経《た》ってきた私から一言、二言！」

志乃原は腰に手を当てて、胸を張った。

「今できる先輩の償いは、悶々とすることじゃありません。ただ、付き合う前の時のように話したい。今礼奈さんが望んでいるのは、先輩と普通にお喋《しゃべ》りすることなんですから」

まるで礼奈のことを解《わか》っているかのような口振りだが、強《あなが》ち間違ってもいないのだろう。

特に反論が出てこないのはそういう訳だ。

「まあぶっちゃけ私は、先輩に礼奈さんのことは気にしないでって言いたいんですけど、角が立ちそうですからね！　そういう言葉は胸に秘めておくことにしたんです」

「今言ったけどな？　全部言っちゃったけどな？」

なんで全部口に出すんだと、前にもツッコミを入れた気がする。

「あと私、先輩が何か言う前に先手うっときますね」

思い出したように人差し指をピンと伸ばした志乃原に、俺は訊く。

「どんな」

「私、礼奈さんに気を遣わず先輩と一緒にいますから」

志乃原は迷うことなくそう言い切った。

目を瞬かせると、志乃原は無言で俺の反応を待つ。

「……それは」

何を言うのが正解か、俺は脳みそを回転させて思案する。

お礼を言うのが無難だろうか。実際、最近はこの後輩に対して感謝の気持ちが強くなっている。家に来ようとする志乃原を止めていたことへ、懐かしさすら覚える程に。

「いつもありがとう」

「どういたしまして！　でも先輩、ぶっぶーです」

口角を上げた志乃原は、口元で指を交差させる。

温泉旅行で遭遇した時と同じ仕草だ。

「何がだよ」

「私はですね、お礼の言葉より態度で示してほしい人なんです」

「金はないぞ」

思わず釘《くぎ》を刺すと、志乃原が顔を思い切り顰めた。

「私をなんだと思ってるんですか……ていうか先輩よりは遥《はる》かにお金あるんですけど」

「後半の報告いらねえよ、年上男子のプライドが傷付くだろ」

学生の身であっても、年下の女子に全く敵《かな》わないのは不本意と言わざるを得ない。

だがサロンモデルの収入がある志乃原に勝つのは、少なくとも俺が学生の内は無理だろう。

「そんなプライドがあるなら、たまには私にもご飯作ってくださいよ」

「分かった、みてろ唸《うな》らせてやるからな！」

ニヤニヤと俺をからかう笑みを見せる志乃原の売り言葉に、俺も買い言葉で返す。

すると志乃原は笑みを強張《こわば》らせた後、ブンブンと首を横に振った。

「わか……え!?　う、冗談ですから、やめてください！」

「俺の作るもの毒かなにかだと思ってる？」

確かに俺は料理などはせず、スーパーのお惣菜《そうざい》やコンビニ弁当で腹を満たす生活を送っている。

だがそれは料理をする手間が面倒なだけであって、簡単なレシピを見ればそこまで壊滅的なものには仕上がらないはずなのだ。

「毒とは思ってませんが、美味《おい》しくないお料理でカロリーを摂取したくないです」

「リアルに傷付く回答やめてくれない!?」

まだ毒だと言ってくれていた方が冗談で済ませられて良かった。

自宅で活力を消費したくないからといって家事をサボり続けた結果、後輩からの信用はすっかり地の底へ落ちているようだ。

俺が言葉を続けようとすると、ふと辺りが騒がしくなってきたことに気付く。

チラリと視線を泳がすと、数人の学生が講義室に入っていくところだった。

「随分早くに入室するんだな」

一限目の時は最速でも講義開始五分前に入室したことしかない俺にとっては、未知の世界だ。

「いつもこんなもんですよ。先輩ほんと朝弱いですよね、矯正してあげたいです」

できるものならそうしてほしいところだが、就寝中にインターホンを連打されるのは避けたいので曖昧に頷くだけの反応にとどめる。

「先輩」

「ん？」

「私、先輩が礼奈さんと別れてくれてよかったって思いますよ」

礼奈の話題は何となく流れたものかと思っていたので、俺は一瞬だけ口を噤む。

志乃原は大きな瞳をこちらに向けて、俺の反応を窺《うかが》っているようだ。

「……その心は？」

「あは、訊《き》いちゃいます？」

少し照れたように、掌《てのひら》で口元を覆う。

「先輩が独り身になった寂しさでトボトボ歩いてくれてたから、私たちは出会えたんですよ」

クリスマスシーズンに、サンタの格好をした志乃原にぶつかった。チラシをばら撒《ま》いて、お詫《わ》びにご飯へ連れて行った。

これまでの人生では、中学、高校と同じ環境に身を置いた人と知り合うことで関係を築いていくことが全てだった。

だが志乃原は違う。

あの日、あの場所で、あの心持ちで街を歩いていたからこそ、志乃原と仲良くなるきっかけが生まれたのだ。

「どんなに情けなくて、ダメダメな行動が生んだ結果があっても、その結果に今落ち込んでいたとしても」

不意に志乃原がこちらに向けてウインクをした。

「私と出会えた！　っていうとんでもない幸運に巡り会えたんだから、ぜーんぶプラスです！」

思わずぽかんと口を開ける。

普段なら何か茶化し文句でも出てくるのだろうが、今は素直に志乃原の言うことも一理あると感じた。

「相変わらずすっげえ自信……」

「ふふ、そんなに褒めないでくださいよ」

「褒めてはねえよ」

「えー！」

不服そうな声色を出す志乃原へ、僅かに口角を上げてみせる。

講義室へ向かおうと腰を上げてから、俺は小さく息を吐く。

少しはあの後輩を見習うべきなのだろう。

志乃原の言った通りだ。今の俺がするべきことは、他にある。

反省することは勿論《もちろん》大事だ。だがそれは、次に同じ失敗をしないよう、明日へ向けて必要になってくるもの。

既に終わってしまったことに陰鬱な気持ちになるよりも、大事なのはこれからの未来に想いを馳《は》せること。

そのために俺たちは、再スタートを切ったのだから。

第2話　ハイタッチ

一限目開始三十分前の講義室は、未《いま》だ閑散としていた。

だというのに物寂しさを感じさせないのは、今から十五分ほど経つと波のように学生が押し寄せてくると分かっているからだ。

俺はどこを見渡しても空席があることに感動を覚えながら、講義室のど真ん中にある席へ着く。

サボりにくい席ではあるが、普段の俺なら座ることのできない場所だ。珍しく早起きしたのだから、たまにはいいだろう。

上機嫌に鞄《かばん》を置いた直後、横から声が掛かった。

「悠太《ゆうた》がこんな時間にいるの初めて見た」

「ん……うおっ」

声のした方へ視線を流すと、俺は思わず身を引いた。

パーカーにブルゾンを重ねた個性的なコーデをしているのは、月見里《やまなし》那月《なつき》だ。

那月は俺のそんな反応に、「ちょっと、傷付くじゃん」と苦笑いした。

「いや、まあ……その」

咄嗟《とっさ》に口に出そうとした言葉は纏《まと》まらず、声が尻窄《しりすぼ》みに消えていく。

那月が礼奈《れいな》と中学生の頃から仲が良かったと知ってしまったからか、どうしても萎縮してしまう。

礼奈との件は、志乃原《しのはら》の前で納得したように見せていても、やはりそう簡単に罪悪感が消える訳ではない。

礼奈を苦しめる要因となった、俺の欠点。それを自覚する前から的確に指摘し続けていた彼女を前に、俺は一体何を話せばいいのだろう。

——高校二年生の時。

俺にとって、彩華《あやか》を苦しめた当時の榊下《さかきした》は憎むべき対象になった。

那月にとっての俺は、まさにその立ち位置だ。

それを自覚しているからこそ、上手《うま》く喋《しゃべ》る自信がない。

「隣、いい？」

「俺の隣か？」

「他に誰がいるの」

そう言って那月は、俺の答えを聞く前に隣の席へ座る。

大きめの三日月形のイヤリングが、視界の隅でキラリと光った。

「私ね、悠太に言いたいことがあるの」

那月はトートバッグから大学ノートや筆記用具を取り出しながら、静かに呟《つぶや》いた。

言いたいこと。

それなら、俺にだってある。

「――ごめん。俺が礼奈を苦しめた」

「え？」

那月は少し驚いたように俺を見つめた。

「俺の器が小さくて、礼奈の弁明を蔑《ないがし》ろにした。その発端も、元を辿《たど》れば俺の配慮が足りなかったからだ。礼奈には勿論……那月にも、悪かったと思ってる」

「やめてよ」

那月がピシャリと言った。

「もう礼奈とは話ついたんでしょ。それなら、私はもういいの」

そして軽く息を吐いて、かぶりを振った。

「今のは別に、不快になったとかじゃないから」

「……そ、そうか」

　それ以外に謝罪を遮る動機が見当たらない。

　だが本人がそう言うのなら、俺も押し黙るしかない。

「今日謝るのは、私の方」

「那月が？」

　意外な言葉に思わず訊き返すと、那月はゆっくりと頷《うなず》いた。

「……悠太に偉そうなこと言っちゃったし。ごめんね、色々と」

　先程思い返していたように、那月から苦言を呈されたことは何度かある。その時のことを言っているのだろう。

　だが内容は理不尽なものでもなく、至極真っ当な意見だった。

　そこに感謝こそすれ、嫌悪感はない。

「那月の言っていた通り、俺は周りに恵まれてるよ。だからこそ駄目な一面も出てきてたのも、今は自覚してる。那月はそのことについて指摘してくれただけだろ」

　俺はそう言った後、続けた。

「那月みたいな人がいると、俺も色々気付かされて助かるんだ。だからこれからも、よろしくしてくれたら嬉《うれ》しい」

周りにも、俺に厳しくしてくれる人はいる。

それは俺のために言ってくれているのが伝わってくる。

だが那月が俺の在り方に苦言を呈したのは、礼奈を思ってのこと。

他人のために叱責されるからこそ、気付けることもきっとあるのだ。

那月は暫《しばら》く無言で俺を見つめていたが、やがて黒板の方へ視線を移した。

「……物好きな人」

「そうか？」

「そうだよ。自分にとって不都合な人は、普通いない方がいい。私なら、そう思っちゃうもん。大学って、人間関係の取捨選択ができる場所でもあるし」

「……まあ、しようと思えばできるよな。サークルもそんな感じだし」

那月の言った通り、大学は仲良くなる人を取捨選択しやすい環境だ。

クラス、教室という概念が薄いので、自分から行動して人間関係を構築していかなければ孤立することもある。

高校生の時までは、一年もの期間、同い年が同じ面子《メンツ》で同じ場所にいた。必然的に様々なタイプの人間と距離は近くなり、その分他人への適応力は向上していたと思う。

それが学校で付随的に学ぶことのできるもので、社会に出る上で必要な能力だということは、かつての俺も分かっていた。

だが最近の俺はどうだ。

特にこの一年間は、気の合う人としか一緒の時間を過ごさない。楽な方、落ち着ける場所だけを求めすぎた。

だからこそ、相手を慮《おもんぱか》るという当たり前に構築してあるべき思考回路が鈍っていたのだ。

那月の言う通り、俺は麻痺《まひ》していた。

勿論これが言い訳になるなんて思っていない。

俺と同じ環境になったって、その心持ちを失わずに人と接することのできる人だって大勢いるはずだから。

それでも、礼奈との間に起こった出来事はその環境が遠因となっていることは認めなければならない。

「たまに違う環境に身を投じるのも、必要なことなのかもしれないけど。今の環境に満足しつつ、それができる人って凄《すご》いと思う。私は無理」

「そうなのか？」

那月の性格を全て把握している訳ではないが、彩華の主催する合コンに来ていたくらいだ。

あのアウトドアサークルに在籍しているくらいだから、てっきり社交的なものだとばかり思っていたが。

「うん。私も、色んなことから逃げてきたから。この性根も、いつか変えたいと思いながらここまで来ちゃった」

「そうか」

俺は一言だけ呟いて、口を閉じる。

別に、今の環境から抜け出そうとしている訳ではない。

自己成長のために環境を変えることも時には必要かもしれないが、俺は今を気に入っている。今の環境を守るためになら、行動したいとは思う。

ただ、今を当たり前だと認識してはならない。

それくらいの意識は持っておかないと、俺は今後苦労することになる。社会人になれば、自ら嫌な人間にも笑顔で接しなければならない機会も出てくるはずだ。

この環境は、永遠には続かない。

俺がこの大学を卒業するまで——いや、もしかすると終わりはもっと早いかもしれない。

そんな中で厳しい言葉を投げかける那月と話す時間は、大切にするべきものだろう。

そのことを伝えると、那月は口角を上げた。

「じゃあもう一つだけ、言いたいことあるんだけどいいかな」

「うん……いや、怖いな。でも、頼む」

俺は意を決して、一度目を閉じる。那月が言葉を紡《つむ》いだ。

「彩ちゃんに甘えてると、また同じ失敗繰り返してもおかしくない。二人の関係って、彩ちゃんの圧倒的なスペックで保たれてるものだと思うし」

「……助言ありがとう」

彩華との関係性に、他人からの理解を求めるのは難しい。それでも、自立しろという提言は至極もっともだと感じる。

那月は俺の返答に対し、「そこでお礼が出てくるんだ」と可笑《おか》しそうに笑った。

「今の私の発言、普通ならムカつくって。礼奈も、悠太のそういう変なところが刺さったのかもね」

「変とはなんだ」

「言葉の通り、ちょっぴり変ということです」

「ほんとに言葉通りかよ……」

感情の起伏は、アウトドアサークルなどに所属する人たちより少ない自覚はある。

　だが変わっていると言われると何となく頷きたくない。

　あいにく俺は個性派と言われて喜ぶ感性を持ち合わせていないのだ。

「変だけど、悪人じゃないよ。これで悠太が悪人だったら礼奈にも、もうあの人はやめときなさいって言うんだけど」

　その口振りから、一週間前の出来事は礼奈の口から伝わっていることが分かる。

　あのことを伝えたとなると、本当に仲が良い。礼奈にとっての那月と、俺にとっての彩華という関係性が似ているという認識は間違っていなかったようだ。

　辺りのざわめきで、俺は那月から視線を外す。

　いつの間にか講義室は先程より席が埋まっており、教授もノロノロと教壇で準備を始めていた。

「気付かなかったな、緊張してて」

「え、緊張？」

　那月が意外そうな声を出す。

「緊張だよ。誰だって、自分のことを好いてない人と話す時は緊張するだろ」

「……別に、嫌いじゃないけど。漫画の話とかできる人、貴重だし」

「そうなのか」

今度は俺が意外そうな声を出す番だった。

「沢山いるのかと思ってた」

そう返事をすると、那月は小さくかぶりを振る。

「話したいなって思う人がいないの。なんだかね、他の人に話が伝わりそうって思ったら話したくなくなるんだ。私、オタクって呼ばれることにはちょっとだけ抵抗あって」

那月はそう言うと、親指と人差し指の間を数ミリ空けるジェスチャーをして見せた。

漫画を読んだりアニメを観《み》たりするのは最早《もはや》俺たち学生には大々的に認知されている趣味だが、それも属するコミュニティによっては全く違うものになるだろう。

例えば那月や彩華の所属する『Green』では殆《ほとん》どいないに違いない。

俺は漫画好きなことを隠そうと思ったことはないが、那月の気持ちも理解できた。

「……結局、私はそういう世間体とか気にしちゃう人だから。悠太も変わろうとしてるのなら、私も変わらないとね」

「そうか。じゃ、お互い頑張ろうぜ」

俺が掌《てのひら》を差し出す。

那月はほんの少し戸惑った様子を見せたが、やがて察したように笑った。

「うん、頑張ろ」

那月の掌が、パチンと重なる。

そのハイタッチで、最近俺たちに流れていた微妙な雰囲気も手打ちになったような気がした。

講義室一帯に鐘が鳴り響いた。

図ったようなタイミングに、那月と顔を見合わせて、思わず吹き出す。

――いずれ、那月とも本当の意味で仲良くなれる日も来るのかもしれない。

那月はあくまで、礼奈の友達。

だがそれが、俺たち二人が話さない理由にはなり得ない。

皆《み》んなが誰かの友達で、大切な存在。

そのことさえ忘れなければ、それでいいのだ。

第3話……礼奈と償いと醤油ラーメンと……

眠たくなるような講義を受け終わった後、那月《なつき》は荷物を片付けながら、思い出したかのように告げた。

「そういえばあの子、今日うちに来るって」

その言葉に、俺は鞄《かばん》に筆箱を入れようとした手を止めた。

「あの子って、もしかして礼奈《れいな》か？」

「うん。お昼の十二時、正門前で待ち合わせしてる。私に会いに来てるんだけど、なんか今からお腹《なか》が痛くなる気がしてさ」

那月はそう言って、自分のお腹をさすった。

十中八九嘘《うそ》の発言ではあるが、それを指摘するのは野暮《やぼ》だろう。

「代わりに会ってくれたら嬉しいかも。あの子にもわざわざ来てもらって、そのまま帰すのは申し訳ないし」

――ドクン。

唐突に、心臓の音が聞こえた気がした。

……緊張しているのか？

思いもよらないタイミングだったとはいえ、人と会うだけのことにも緊張してしまうのはいつ以来だろう。

一方的に浮気をされたと思い込んでいた時期と今では、状況が全く違うのだ。

「今日だけ譲ってあげないこともないけど、どう？」

この言葉も、那月にとっては俺へ冷たくあたってしまったという自責からのお詫《わ》びの一環なのだろう。俺もそのことを察しつつ、思わず天井を見上げた。

「こ……この講義が終わったらな」

「……今終わったばかりだけど。それに、礼奈が来るのはお昼休みだよ」

那月は若干呆《あき》れたように言ってから、スマホを取り出した。

「そういうことで、連絡しちゃうから」

「はっ、いやちょっと待ってくれ」

指を走らせ始めた那月を、俺は慌てて制止する。

那月は怪訝《けげん》な表情を見せて、口を開く。

「なんで？　緊張しちゃうから？」

「そうだ、緊張する」

「もうラインしちゃった」

「早すぎだろ!?」

志乃原《しのはら》顔負けのスワイプ速度だったが、この一瞬で連絡を取られるとは。元々礼奈とのトーク画面を開いていたに違いない。

今から断ろうものなら、俺が礼奈を拒否したように捉えられかねないし、そうなるのは些《いささ》か不本意だ。

どうやらもう腹を括《くく》るしかないらしい。

「じゃ、また。私お手洗い行ってくるね」

「ほんとに腹痛いのかよ」

「デリカシーなしおだね。女の子にそんなこと訊《き》くなんて」

那月はそう言い残して、俺を置いて講義室から出て行った。

俺はのろのろと支度をしながら、ひとりごちる。

「……言葉のチョイスが古いんだよ」

うるさいな、という那月のつっこみが何処《どこ》からか聞こえた気がした。

◇◆

昼休みの開始直後は、大学構内が最も賑《にぎ》わう時間帯だといっても過言ではない。

何棟もある校舎から一斉に昼ご飯を求めて学生が出てくるのだから、当然といえば当然だ。

昼ご飯を食べることのできるお店は数種類あるのだが、俺のお気に入りは大食堂。

野菜を摂取できるバランスの取れた食事は一人暮らしの学生に大人気で、十二時過ぎのこの時間帯は人の波ができる。

だが今日の俺は、人波に逆らって歩を進めていた。

目的地は、大学の正門前。

目的の人物は――

早歩きのペースが、徐々に、徐々に落ちていく。

視界に入った立ち姿は、記憶の隅を刺激する。

何度も、この正門で待ってくれていた。何度も、邂逅《かいこう》の後頬《ほお》を緩めて優しく笑ってくれていた。

「──あ」

視線が交差する。

アッシュグレーの髪を靡《なび》かせる相坂《あいさか》礼奈が、俺の姿を認めると驚いたように声を漏らした。

そして僅かな逡巡《しゅんじゅん》の仕草を見せた後、少し遠慮がちに近付いてくる。

「悠太《ゆうた》くん」

「お、おう」

俺は立ち止まって、片手を挙げて応えた。それがぎこちない動作だと、自分でも分かる。

礼奈はそんな俺の仕草を見て、僅かに相好を崩した。

「メッセージはしてたけど、こうして会えると嬉《うれ》しいな」

「俺もだよ」

そう返事をすると、礼奈が意外そうな目で俺を窺《うかが》う。

「ほんと？」

「うん、まじ」

「なんか私に合わせてない？」

「うん、いや、どうだろう」

いつもより鈍い回転の頭に苛立《いらだ》って、こめかみを指でつねる。

……一体どうしたというのだ。

俺はコミュ力が高い訳ではないが、見知らぬ人に話を合わせる程度の力は持ち合わせているると思う。

最近は特に、周りから影響されてその能力は向上しているかもしれないとさえ考えていた。

だがこうして気の利いた言葉一つ、さっぱり思い浮かばないのは思い違いだったということか。

それとも、それ程までに上がってしまっているのだろうか。

一年間付き合って、別れた元カノ。

これが恋愛面の好意からくる緊張ではないことくらい、自分でも分かる。

だが同時に、この感覚に懐かしさを覚えて不思議な気分にもなった。

「この場所で会うの、久しぶりだね」

「だな。半年……くらいか」

「もうそんなに経《た》つんだ。時間が経つの早いね、この調子だとあっという間に就活始まっちゃいそう」

「うわ、嫌だな。暫《しばら》く現実逃避したいわ」

俺の言葉に、礼奈は「そうだね」と笑って頷《うなず》く。

ぎこちないながらも、徐々に空気がほぐれていく。

以前に邂逅した時もそうだったが、気まずい雰囲気になっても、それが原因で話が途切れることはあまりない。

付き合っていた頃、礼奈との間に流れる沈黙は心地良い空間だった。関係を再スタートさせた今でも、それは変わらないらしい。

「せっかくだし、お昼ご飯食べたいな」

「那月に会いに来たんじゃないのか？」

「その那月が悠太くんをここに来させてくれたんだもん。またお礼言っておくから、いいの」

那月は本当に礼奈へメッセージを送っていたようだ。もしかしたら、俺を置いて講義室へ出てからもメッセージをしていたのかもしれない。

「じゃ……まあ、行くか」

俺はそう答えて、校門の敷居を跨《また》ぐ。

すぐ傍《そば》にある大通りへ出ると、ランチを楽しめるお店たちがズラリと並んでいる。学内にあるお店より若干値段が張るので普段は行かないのだが、今日くらいは良いだろう。

横をチラリと見ると、礼奈は辺りに視線を巡らしながらお店を探している。

「何食べたいかなぁ。せっかくだし、オシャレな——」

「ラーメンにしようぜ」

お気に入りのラーメン屋を指差しながら、俺はしまったと顔を強張《こわば》らせる。

礼奈がオシャレなお店が良いと言いかけていた時に同時に発言してしまったものだから、真逆の選択になってしまった。

俺は今しがたの言葉を取り消そうと頭を掻《か》くと、礼奈はニコリと笑った。

「うん、私ラーメンも食べたいっ」

「え、まじで？」

思わず訊き返すと、礼奈は迷わず首を縦に振る。

「まじだよ。久しぶりに悠太くんと食べたい」

「……合わせてないか？」

先ほど掛けられた礼奈からの言葉を、そのまま返す。

恋人関係だった当時、確かに礼奈はラーメンによく付いてきてくれていたが、本当はＳＮＳ映えするようなお洒落《しゃれ》なお店が好きなことは知っている。

先ほど「オシャレな――」と漏れ出ていた言葉も相まって、ラーメンに乗り気な姿は些か不自然に映った。

だが俺の思考に反して、礼奈の足は学内の最寄りにあるラーメン屋へと向かっている。

「悠太くんは、相変わらず醬油《しょうゆ》ラーメン好きなの？」

「まあ、そうだな。同じ味ばっかり食べてるよ」

「ふふ。私も最近、醬油ラーメンばっかり」

「まじで？　礼奈いつも味噌《みそ》ラーメンのイメージだった。ていうか、ラーメン屋自体――」

――俺以外と行かないイメージだった。

そんな言葉が口をついて出そうになり、慌てて飲み込む。

別れてから半年経ったのだ。趣味嗜好《しこう》が変わっていてもおかしくない期間だし、何より交際していた時のことを俺から話すのはタブーだろう。

かといってここで口を噤《つぐ》むのは不自然なので、場を取り繕うような言葉を模索する。

だが、先に口を開いたのは礼奈だった。

「そうだったけど、沢山連れて行ってくれたのは悠太くんじゃん。そのせいで体重計に乗るのが怖いんだからね」

思わず礼奈を二度見しそうになった。

礼奈は俺が言わんとしていたことを察していたようで、当たり前のように返事をしたのだ。彼女自身はそこに違和感を抱いていないようで、俺の返事をキョトンとした表情で待っている。

「……俺あんまり太らないから、その気持ちはよく分かんないや」

俺の言葉に、礼奈はクスリと笑った。

「あー全女子を敵に回した。知らないからね、那月に言いつけちゃお」

「おいやめろ怖いんだからなあいつ！」

「女子だって我慢してるだけで、ラーメン食べたいんだからね。だから中々一人では行きにくいんだけど、男子となら自分に言い訳できるもん」

いつの日か、同じようなことを言っていた。

確かに、ラーメン屋で単独の女性客を見る頻度は少ない気がする。

「一人でラーメンを食べる女子見ても、俺は何も感じないけどな」

「そういう人が多数派でも、その中に一人でも変な目で見てくる人が混じってるかもしれないと思っちゃったら足がすくむものなの。私も、もう気にしないんだけどね」

「へえ、慣れたのか」

「うん、慣れたの」

礼奈はコクリと小さく頷く。

そういえば俺も、一人でラーメン屋にいけるようになったのは大学生になってからだ。人の目を気にしなくなるまでは少し時間を要した記憶がある。

礼奈も同じように、時間をかけて慣れていったのだろう。

そんなことを考えているうちに、最寄りのラーメン屋へ辿《たど》り着く。

黄色い暖簾《のれん》がはためいており、入り口の傍《かたわ》らにある立て看板には『学生クーポンで二割引』と記載されている。

そのため昼時はいつも満席になり列に並ばなければいけないのだが、今日はたまたまカウンター席が空《す》いているようだ。

「珍しいね、すぐに入れるなんて」

「だな。俺初めてかも」

丸椅子に腰を下ろし、荷物入れボックスに鞄《かばん》を押し込む。

このラーメン屋に来るのは、二年生の冬以来のことだ。以前と変わらないメニュー表に安堵感《あんどかん》を覚えながら、醤油ラーメン一つ、と店員に伝える。

「私も、醤油で」

礼奈は店員に微笑《ほほえ》みながらそう言った。学生にも思える若い店員は、一瞬礼奈を惚《ほう》けたように見て、ハッとしたように踵《きびす》を返して厨房《ちゅうぼう》へ戻る。

「珍しかったんだろうな」

　くつくつと笑うと、礼奈が頬を膨らました。

「このお店女子もいるじゃん。珍しくないよ」

「や、まあな。珍しく、ないかもな」

「なんで笑うのー」

　恐らくあの店員は、女子だからという理由で惚けた訳ではなく、礼奈の纏《まと》う雰囲気に驚いたのだろう。

　周りを見渡すと確かに女子は数人見受けられるが、女子大生特有の雰囲気はない。

　知り合った当時よりも、今の礼奈の方が煌《きら》びやかな雰囲気だ。淡いブルーのレースとピンクゴールドのアクセサリーが、その雰囲気を増しているように思えた。

　……淡いブルーのレース？

「すみません、店員さん」

　俺はあることに気付いて、別の店員に声を掛けた。

「ペーパーナプキン一ついただけますか？」

　俺の注文に、店員は察したように「少々お待ちを！」と言って厨房の中へと戻る。

数秒後戻ってきて、俺に手渡ししてくれる。

「ありがとうございます」

お礼を言ってから、四つ折りになったペーパーナプキンを二つに拡《ひろ》げて礼奈へ渡す。

礼奈は驚いたように「私？」と言った。

「スープで汚れるだろ。せっかく上品なやつなんだから」

そこでやっとその可能性に気付いたらしい。

礼奈は目を瞬かせてから、口を開いた。

「ゆ、悠太くんが大人になってる……」

「俺はいつも大人だっつーの」

よく言うよ、という那月の声が脳裏に降ってきたが、聞こえなかったことにしよう。今から大人になるんだよ。

「ありがとう、ちょっと感動しちゃった」

礼奈はスルスルとナプキンを首に掛けて、一息ついた。

「なんか礼奈がナプキンすると、ここがフレンチレストランみたいだな」

「ふふ、それ褒めてる？」

「まあ、そうだな。褒めてる」

「もう、なんでそこ歯切れ悪いの」

素直な感想が漏れただけだから、と言おうとして口を噤む。

恋人としてやり直すことはできないと言ったのに、褒めすぎるのは変な話かもしれない。

俺の中では、褒めることと恋人としてやり直さないことの二つは隔てられており、両立させても矛盾しない。

だがそれはあくまで俺の感性から導き出された結論に過ぎない。相手である礼奈がどう思うか、それが重要だ。

「悠太くん？」

礼奈の問い掛けに、かぶりを振る。

「いや、やっぱ何でもない」

「そ、そっか」

礼奈は少し戸惑った様子を見せたが、その瞬間ラーメンが届いた。

気まずい雰囲気が流れなかったことに内心ホッとしつつ、手を合わせる。

——人を喜ばせることに、憂いを抱くのは本当に正しいことなのだろうか。

不意にそんな思考が過《よぎ》って、俺は箸を取ろうと伸ばした腕を止める。

確かに礼奈との間には色んなことがあった。だから、普通の人よりも気遣うのは当たり前のことだ。

それでも、喜ぶと分かっていることからあえて遠ざかるのは——礼奈に寂しそうな表情を浮かべさせるのは、本当に正しいことなのか。

「褒めてるっていうか、素直な感想だよ」

「え？」

「上品な格好がよく似合ってるって言いたかっただけ」

学生で賑《にぎ》わう店内で、俺たち二人の間にだけ沈黙が降りる。

ラーメンの湯気が視界の端で揺れ踊っている。

「……もっと好きになるけど、いいの？」

礼奈はそう言った後、慌てたように首を振った。

「ううん、やっぱり何も言わないで」

「そ、そうか」

「うん。私、悠太くんにそういうとこで気遣ってほしくない。当人の私が言うから、いいの」

礼奈は忙《せわ》しなくお箸を取り出した後、俺に倣って手を合わせた。

「いただきます」

久しぶりのラーメン。久しぶりの、礼奈との食事。

いつもと変わらないはずの醤油ラーメンの味が、なんだか今日は色濃く感じる。

「身体《からだ》に良くないのは分かってるんだけどなあ」

隣に礼奈がいる。

関係性は今までと異なったもの。だがこの、食事をするひと時だけは、かつてと同じ。

「それだけ美味《おい》しいんだもん」

点が線となり、俺の記憶を刺激する。

目の前の微笑みは、かつてと変わらない。

俺が幸せだと、今が一番幸せだと確信していた、あの時間。

少しだけその気持ちに浸りながら、漸《ようや》く麺を啜《すす》る。

やっぱり今日は、味が濃い。

◇◆

「美味しかった〜！」

黄色い暖簾をくぐり抜けて外へ出ると、礼奈が身体をググッと伸ばした。

晴天から降り注ぐ陽光が、アッシュグレーの髪を明るく照らす。

「悠太くん、今日はこの後予定あるの？」

「今日はこの後フルで講義だな」

「そっか、じゃあ明後日《あさって》は？」

明後日の講義は二限目まで。彩華《あやか》ほどではないが、平均程度に単位を取得しているため、三年生になれば一日フルで講義へ出席しなければならない曜日はない。

明後日は昼休みから家に帰ることのできる、怠惰な学生にとっては嬉《うれ》しい曜日なのだが、今週はサークルの活動日とも被《かぶ》っていた。

「明後日は昼からサークルに行こうかなって思ってる。バスケサークル」

「バスケかぁ。そういえば、悠太くんがバスケやってる姿、私見たことなかったね」

礼奈は少し思い返したかのような仕草を見せた後、こくりと頷《うなず》いた。

「ねえ、覗《のぞ》いてみてもいい？」

「へ？」

てっきり興味本位で訊《き》かれただけだと思っていた俺は、間の抜けた返事をしてしまう。

それをどう受け取ったのか、礼奈は慌てたようにかぶりを振った。

「ううん、冗談だよ。私のこと……知ってる人も混ざってるだろうし」

……浮気のことを言っているのだろう。

自分が顔を出せば、俺の世間体を下げてしまうかもしれないと懸念している。

「それ、俺のためか？」

念のために訊くと、礼奈は目を瞬かせた後否定した。

「違うよ」

「そうか」

仕草や声色から、今の答えは嘘《うそ》だと確信した。

礼奈が俺の言いたいことを察することができたように、俺も礼奈の嘘を見抜くことができる。

要因は付き合いの長さだけじゃない。あの一年間、俺と最も多くの時間を過ごしたのは礼奈なのだ。

それほどの密度を、俺たちは過ごしてきた。

だからこそ浮気をされたと思った時は沈んだ。だが、理由は異なっても礼奈も同じように消沈したはずだ。

ならば礼奈との関係を正しく認識してもらうのは、最低限のケジメだと思った。

「行くか」

「え？」

「礼奈との一件は俺が責任もって正しく伝える。それが償いになるとは思わないけど、それくらいはしたい」

俺が言うと、礼奈は僅かに俯《うつむ》いた。

何か思うところがあるのか、暫《しばら》く無言のまま時間が流れる。

やがて言葉を紡ぎ出した礼奈の声色は、柔らかいものだった。

「気持ちは嬉しい。でも、償いとかならやめてほしい」

静かな言葉に返事をしようとすると、先に礼奈が続けた。

「そもそも、誤解じゃないから。私も確かに浮気してたって、言ったはずだよね。それで悠太くんだけ償いとか、おかしいじゃん」

「原因を作ったのは——」

「原因の所在がどこにあるかなんて、関係ない。それに、駄目なの。私自身がもう、あれは浮気って納得しちゃったんだから」

「だとしても、一日だけ手繋《つな》いだのと……繰り返し何回も最後までいったってのじゃ、印象がまるで違うのは事実だろ。それに、礼奈こそ誤解してるぞ」

「え？」

「俺は、浮気の話自体はあのサークルの中じゃ一人にしかしてない」

礼奈の顔を知っている人は、あの中には藤堂《とうどう》くらいだ。

女子大の学祭で礼奈と顔を合わせた先輩たちは、一人残らずサークルを辞めている。

浮気の話も、俺は藤堂以外に話していない。

「礼奈の存在を知っているやつも、あそこには一人しかいない。だから礼奈が考えてるほど、難しい話じゃないんだよ。すぐに終わる」

「もしかして、たまに話に出てきた藤堂君？」

「そうだ」

付き合っていた当時、俺はその日起こった出来事は大抵話していたので、礼奈は俺の人付き合いの多くを知っている。

礼奈と藤堂が顔を合わせたのは数回だが、印象に残っていたらしい。

「その人だけなら、誰かに言いふらすとかもなさそうだよね」

「ないな。あいつはそんなことしない」

藤堂は、俺と仲良くしている中でもトップクラスに交友関係の広い男だ。

容姿と相まって一見チャラそうな男だと誤解されることもあるが、そこも良いギャップとなっている。手放しに信用できる、俺の数少ない友達だ。

「……じゃあ、甘えていいかな。私、いつも話に出てきてたサークル、行ってみたかったの」

「そんなこと、一度も言わなかったな」

「思ってただけで、言わなかったの。悠太くんの居場所には、あんまり踏み込まない方がいいかなって」

　礼奈は微笑してから、続けた。

「友達って、友達にしかない良さが沢山あるもん。それが分かってるからこそ、私はそこにいちゃいけないって思ってた」

　……別れてしまった後でも、その気遣いには感謝するべきだろう。

　恋人を作った途端に、友達付き合いが悪くなる人はたまに見かける。本人の意思でそうなっているのならば何の問題もないことだが、中には恋人に気遣った結果そうなったということもある。

　俺はそれを理解できなかったが、何のことはない。

　俺がそうならなかったのは、他でもない礼奈が気を遣ってくれていたからなのだ。

「なんで今言ってくれたんだ？」

「思ってたこと、言葉にしたくて。さっき悠太くんは、別れる原因は自分が作ったって言ってたけどさ」

礼奈は一息ついて、再度口を開く。

「私も、そうだよ。私たち、言葉にしないことが多すぎた。だからこれからは、言いたいことはちゃんと言うね」

「──強いな、礼奈は」

俺が言うと、礼奈は口元を緩めた。

「私、決めたの。別れた日……あの日をいつか、あれがあって良かったって心から思えるようになりたいって。どんな形でも」

そう答えてから、礼奈は空を見上げる。

俺が礼奈に倣って顔を上げた瞬間、陽光が陰りを落とす。

「悠太くんはどう思う?」

ちらりと横に視線を送ると、端整な横顔から表情は読み取れなかった。

「……見習いたいと思ったよ」

短く答えてから、俺は大学へ戻るために背を向ける。

我ながら、要領を得ない返答。

だが、それは本当に思っていることだった。

俺も礼奈のように、過去をより良い未来に繋げるために行動しなければならない。

後ろから礼奈の「またラインするね」という声が掛かり、俺は思考を誤魔化《ごまか》すように、手を挙げて応える。

俺は明後日に想《おも》いを馳せながら、歩みを進めた。

第4話　今の気持ち

礼奈《れいな》と会った、次の日の朝。

目覚めると、何となく身体《からだ》が気怠《けだる》い。

天気のせいだろうかとおもむろにカーテンを開けると、案の定雨が窓を叩《たた》いている。

一瞥《いちべつ》だけで確認できるようなどす黒い曇天が、轟々《ごうごう》と音を鳴らして家を揺らした。

「……まだ台風の時期じゃないよな」

思わず呟《つぶや》いてしまうほど、外の世界はけたたましい。

昨夜スマホのアプリで天気予報を確認したが、台風なんて予報はどこにもなかった。

精々午前中いっぱい降水確率60％が続くだけで、午後からは晴れマークになっていたはずだ。

この空模様から数時間後に晴れるだなんて、とてもじゃないが信じられない。

講義に出席するためにはあと一時間で家を出なければならないが、これでは億劫《おっくう》な気持ちになるのも仕方ないというものだ。

まだ大学のホームページに休講の連絡は流れていないが、それも時間の問題だろう。

……そう信じよう。

社会人ならば関係なく会社へ駆り出されるのだろうが、大学生は警報などが出た場合休めることが多い。

学生の中で最も年齢層の高い大学が休みを取りやすいのも変な話ではあるが、そこは学生一人一人に裁量権が委ねられているからだと納得しよう。

つまり、俺は今から二度寝する。これから休講になることを信じて。つくづく自分に甘言を言い聞かせるのは得意だな、と情けないことを思いながらベッドに潜り込んだ。

その瞬間、スマホが震えた。

布団越しに聞こえる、微《かす》かなバイブ音。一定の間隔で継続的な音が聞こえてくることから、メッセージではなく電話が掛かってきていることが分かる。

——誰だ。

俺は寝起きの鈍った脳内で、思考をゆっくりと巡らせる。

だが、結局出なければ面倒なことになるリスクもあると思い至り、渋々手を伸ばしてスマホに触れる。

『寝るな！』

……声の主は、彩華《あやか》のようだ。

天気から俺の行動を察知したのだとしたら最早《もはや》恐怖すら感じる事案だが、さすがにないと思いたい。

俺は返事をするかどうか迷った挙句、寝たフリをすることに決めた。

『今日の講義全部休講らしいわよ』

「まじで!?」

『嘘よ。起きてるじゃない』

跳ね起きた俺は一瞬ぽかんと口を開けて、スマホを睨《にら》みつけた。

「お、俺の純粋な心を弄びやがって……」

『純粋なら講義には喜んで来なさいよね』

「純粋だからこそ自分の欲求に素直なんだよ！」

『はいはい、偉い偉い』

「このやろー！」

そう言って、再び枕に顔を埋《うず》める。もはや希望を失った俺の睡眠を止めることができる人間はいない。

だが俺の意に反して、腹の虫がぐるぐると鳴った。

『……ひとまず、朝ごはん食べたら？』

「……だな」

不満げに返事をして、のろのろと上体を起こす。

スマホを持ってベッドから降りると、素足に微かな冷気を感じた。今日はどうやら肌寒い温度らしい。

「今日寒くね？」

『寒いわね。暖房付けることも考えちゃうくらい』

「だよな。付けよっと」

部屋に季節外れの暖房を付けてから、冷蔵庫の扉を開く。

志《し》乃《の》原《はら》の来ない日数が五日を越えると、俺の冷蔵庫はいつもの不健康な中身へと様変わりする。

その度に「なんでこの数日で中身がエクレアばかりになってるんですか!?」と怒られるので、今はコンビニで買ったおにぎりが八つほど転がっていた。

これなら文句は言われないだろう。

『ねえ、暴風警報出たから今日の講義はほんとに全部中止になったらしいわよ』

彩華の発言を、俺は軽くあしらった。

「うっせ。俺は今からチョコチップメロンパンを食べるんだい」

そう言って、キッチンの棚からチョコチップメロンパンを引っ張り出す。

おにぎりは夜ご飯に取っておくことにした。

『それは美味《おい》しそうだけど。いいの、二度寝できるチャンスなのに』

立て続けに同じことを言われたら、さすがの俺も見破れる。

彩華の冗談に、咀嚼音《そしゃくおん》で応える。

仄《ほの》かに甘い匂いが口内に広がり、一日の始まりという気分になった。

惣菜《そうざい》パンの種類は数あれど、チョコチップメロンパンは週に二、三回は食べるほど気に入っている。

「ここにカフェオレあれば完璧だな～」

『近くのコンビニで買えばいいじゃない。徒歩二分くらいの場所にあったでしょ』

「あるけど、一旦外出ちゃったら目覚めちゃって二度寝できないだろ」

『もっともらしく言わないでよ。で、今日どうすんの」

「どうとは？」

『休講になって、今日一日暇になったでしょ。家で何かするの？』

俺は暫《しばら》く思案した後、漸《ようや》く思い至った。

「……休講ってまじだったの？」

『さっきから言ってるじゃないの』

その言葉に、俺は急いでスマホで大学のホームページを確認する。すると、本当に休講の連絡が提示板を賑《にぎ》わせていた。

「オオカミ少年だ……」

思わず声を漏らすと、『私は女よ！』とツッコミが入った。

そういう意味で言ったんじゃないが、そう思わせておいても支障はない。

「なんか、今日が休日だと思ったらこのまま寝るのなんか勿体《もったい》ないな。ゲームでもすっかな」

彩華との電話中に朝ごはんを食べたおかげで、既に俺の中の一日は始まっていた。今日はバイトも入っていないので、一人時間を満喫するチャンスだ。

テレビに繋《つな》いでいるゲーム機の電源を付ける。購入してから時間が経《た》っても、この起動音は俺の気分を高揚させてくれる。

『天邪鬼《あまのじゃく》ねーほんと』

呆《あき》れたような彩華の声に、俺は口角を上げた。

「褒めても何も出ないぞ」

『いや全然褒めてないわよ』

彩華の即答に声を出して笑う。

人間、笑うとストレス軽減や健康促進に繋がったりと良いこと尽《ず》くめらしいが、俺にとって彩華はそういう存在なのかもしれない。

何も気負わず、ただ話すだけで心が安らぐ。

こんなことは小っ恥ずかしいので本人に言うことはできないが、きっと彩華もそう感じてくれていると思う。

たとえそれが、傍《はた》からみて歪《いびつ》な関係であってもだ。

だが今までの俺たちは、互いを唯一無二の関係性だと思っていても、それを歪だとは思っていなかった。そして、この関係が誰かを苦しめていたということも。

——自分で見たもの、感じたものが全て。

俺が彩華と仲良くなれたのは、出会った当初にその考えで、世間体を気にせず関係を築いていったからだ。

もちろん大学へ入学してからも、二人で遊んだことをＳＮＳへ投稿するのは控えていたし、自分の中で最低限の一線は守ってきたつもりだ。

だが、きっとこの関係は誰に言っても理解を得ることはできないのだろう。

あの青い春を追体験するようなことができない限りは、決して。

だとすれば、この関係を——

『ねえ』

「ん？」

彩華の呼び掛けに思考を中断させる。

『晴れてきた』

「嘘《うそ》だろ」

視線をゲーム機から窓へ移すと、陽光が差し込んでいる。

だが、雨はまだ降っていた。

「小雨は降ってるな。風は止《や》んだみたいだけど」

『狐《きつね》の嫁入りじゃん』

「おお。今日もまた誰かが結婚したって訳か」

『適当に返事しすぎよ』

そうは言いながらも、彩華の声色は柔らかい。

日常的に電話をするということは、こうした気の抜いた返事も許容してくれるということと。逆の立場になってもそうする訳で、だからこそ続いている。

『ねえ。今日会わない？』

「え」

俺はゲームコントローラーを動かそうとした手を止めた。

その反応に今度はしっかり不満を抱いたのか、彩華は『なに』と言った。

『まあ、やっぱり今日はいいわ。あんたもゲームしたいんだろうし』

誘いを簡単に覆した彩華に、俺はまったをかけた。

「いや、行く。今のは、ちょっとびっくりしただけだ」

『え？　何によ』

「だって、会いたいなんて言ってくるの初めてだろ。いつも何かしら予定があるからついて来いって感じなのに」

合コンがあるから。新しくオープンしたカフェでランチを食べたいから。ホテルにあるバイキングに参加したいから、旅行に行きたいから——他には、講義終わりに合流するなど。

休日に理由もなく誘われたのは、珍しいことだ。

彩華は俺の言葉で自覚したのか、少し平静さを失ったような返事をした。

『ち、ちが――うん。確かに珍しい……わね』

「今ちょっと慌てただろ」

『違う。理由なら普通にあるわよ』

「またまたー」

『切るわね、さよなら』

「え!?　ちょっと待てごめんなさい！」

　俺は仰天してストップする。

　別に四六時中電話をしたい訳ではないのだが、こうも唐突に部屋に静寂が戻ると思うと、それはそれで寂しい。

　暫く電話を繋いでおきながらＲＰＧのレベル上げでもしようかと勝手に思っていたことも、寂しさに拍車をかけている。

「ドライブとかなら、考える」

『いいわね。じゃ、決まりでいい？』

「ちょっと待て」

『なによ』

　提案した手前だが、誘いを了承する前に懸念点がある。

「車ないけど。雨だけど」

『車は借りる。雨は止む』

「お前今語呂の良さで返事したよな。絶対そうだよな」

電話先から、彩華の笑い声が聞こえる。どうやら本当にそうらしい。

『止んだらで良いわ、ええ。でもせっかくだし、小雨でも行きたいわね。二人なら、レンタカーも割安だし』

「へえ、彩華も結構運転好きなんだな」

『そうね、好きかも。でも、一人でレンタカー借りるほどではないのよね。一人で払うには、ちょっと高いから』

「そうなんだよなー。あれ割と高いんだよな」

一日のみのレンタルでも、学生の財布にはしっかりダメージの入る額だ。一台あたりの値段なので、人が増えていくほどお得にはなるのだが。

団体での遊びや、旅行先などで借りるのが王道といえるだろう。

『それに、あんたと車乗ったことなかったし』

「あー確かにな。俺も免許取ってからは親しか乗せたことないわ」

車は移動の小回りが利くというメリットがあるものの、遊びに行ってもお酒が飲めない、駐車場代が掛かるといったようにデメリットもある。学生にとって電車の方が利便性が高いのだ。

だからこそ彩華と車に乗ったことがない訳で、確かにこういう機会でもなければドライブなんてしないだろう。

そう思案して、俺は了承することにした。

ただし条件付きで。

「おっけー、雨が止んだら集合しよう」

いくらドライブが魅力的とはいえ、俺にとってそれは晴天時の話だ。ウィンカーを動かしながらのドライブは、どうも気が進まない。

『窓開けてみなさい』

「え？」

『いいから』

言われるがまま、腰を上げて移動し、窓へ手を伸ばす。

開けると、雨はピタリと止んでいた。

「……魔法使った？」

『今から晴れるよ！』

「もう晴れてんだけど」

何処《どこ》その巫女《みこ》のような台詞《せりふ》に、俺は苦笑いしながら返事をした。

◇
◆

大学生と高校生の、プライベートの時間。

両者を比較すると、やはり大学生の方がお金が掛かることが多い。

夜に「ご飯に行こう」と誘われれば、高校生の時はファミリーレストランで済んでいたものが、大学生になれば居酒屋へと変わる。

一日中遊ぶとなると、一万円が飛んでいくことも珍しくない。

だが自分で稼いだお金で好きに遊ぶというのは、高校生の時には味わうことのできなかった愉《たの》しさがあった。

かといって高校にも、あの場所にしかない愉しさが確かに存在していて、両者を比較することは難しい。

だが、俺の中で確信を持って大学の方が愉しいと思える分野があった。

交通手段。即《すなわ》ち、自動車の運転である。

運転免許自体は十八歳から取れるが、高校三年生は受験勉強真《ま》っ只中《ただなか》でそれどころではない。

従って進学してから免許を取りに行くのが学生の大多数。

だが、自分の車を持っている学生は殆《ほとん》どいないと言っていいだろう。

そこで活躍するのがレンタカーである。

大体五千円程あれば六時間程度は借りることができ、同乗者と割り勘すれば学生の財布にも優しい値段になる。

俺が運転免許を取ったのは、一年以上前のこと。

実家に帰省する度に親の車を借りて練習し、友達とレンタカーでドライブしたりしていたため、最近では少しずつ慣れてきている。

そして今まさに、俺は彩華とドライブ中だ。

「ねえ、一つ訊《き》いていい？」

「ん？」

横で彩華が、若干戸惑った声を出した。

「ドライブ、あんたが提案してきたわよね」

「ああ。たまにはこういうのも良いだろってな」

「うん、まあ。確かに良いけど」

信号が赤になり、前方との車間距離を充分に保って車が停車する。

そして、彩華が目を細めて俺を見た。

「あんたは運転しないわけ？」

「まずはお前のドライビングテクニックを確かめるための時間が必要だと思ってな！」

「もうちょいマシな言葉を貰《もら》えると思ってたわ」

彩華は呆《あき》れたような声を出す。

確かにこちらから提案した手前ずっと運転を任せるのは、あまり良くないかもしれない。

「帰りの運転は任せろ！」

「そのつもりよ。私より運転歴がお子様だから、ちょっと心配だけど」

「いやいや、別に大して変わんないっての」

「そうかしら。ま、私このレンタカー明日までの期限で借りてるし、返すのは今日じゃなくても良いんだけど」

「へえ、予定でもあんのか？」

「まだどうなるかは、全然分からないけどね」

何気ない会話をしているうちに、信号が青になる。前方の車に引っ張られるように発進し、少しずつスピードに乗っていく。

「彩華っていつ免許取ったんだっけ」

俺の質問に、彩華は思い出すような仕草を見せた。

運転中に思考を巡らせることに若干の申し訳なさを感じつつ、答えを待つ。

「一年生の秋かな。友達と合宿して一気に取ったわ」

「あー、合宿って短期間で楽そうだよなあ」

それに、友達と二週間程同じ屋根の下で過ごすのは楽しそうだ。

俺は一人の時間も好んでいるが、そういったイベントごともなんだかんだと気になってしまうタチなので、免許合宿は正直羨ましい。

「あんたは合宿じゃなかったっけ？」

「俺は自動車学校に半年通ったよ。今考えればお前みたいに一気に取ってた方が良かったわ」

通える期間などが決まっている自動車学校では、学科と実技を自分のペースで予約する形式でこなしていくのだが、前半にサボりすぎていた俺は危うく卒業できないところだった。

費用も二十万円程度を要するので、ラスト一ヶ月は他の生徒の予約キャンセル待ちなどを利用して何とか免許取得に漕《こ》ぎ着けた思い出がある。

「計画的にスケジュール組めないなら合宿にすれば良かったのに」

「いやー、あの頃は無理だったんだよなぁ」

「まあ纏《まと》まった時間が必要だものね」

横断歩道の前に歩行者が立ち止まっており、彩華は車を一時停止させて渡らせる。

「で、私適当に車走らせてるけど目的地とか決めてるの？」

「今から作ればあるぞ」

「そんなことだろうと思った。じゃあ私の家でいい？」

「え、ごめん」

いつになく塩対応の彩華の顔色を、恐る恐る覗《のぞ》き込む。

車を再発進させた彩華は、そんな俺の視線に気付いたのかチラリとこちらに視線を投げた。

「いや、別に怒ってないから。家に来る？　って言ってるだけよ」

「ああ、なら良かった」

これ以上ふざけたことを言うなら家に帰るわよ、という牽制《けんせい》かと思ってしまった。

だが落ち着いて考えてみれば、彩華ならばそんな遠回しな表現などせずに直接的な言葉で伝えてくるだろう。

一安心して、車窓からの景色を眺める。

歩道から眺めるそれと異なっていることに感動したのは、記憶に新しい。

初めて運転した時は――

「――え？　家？」

俺は思わず、彩華を綺麗《きれい》に二度見した。

◇
◆

高校生の頃、彩華の家に入ったことはある。

だがあれは実家だったし、一人暮らしの家に入るのとは訳が違う。

そのことから多少緊張しながら玄関先を跨《また》いだのだが、口から漏れ出たのは怒りの言葉だった。

「ふ、不公平だ!!」

「うわっびっくりした！　何叫んでんのよ！」

彩華は背中をピシャリと叩《たた》き、早く部屋に入るように促した。

俺は背中の痛みなど一瞬で忘れて、リビングに入る。

そう、リビングだ。

「1LDKとか羨ましすぎる……しかも俺の家の倍くらい広いんだけど」

「別に大したことないわよ。家具揃《そろ》えるのにも余計にお金掛かるから、一時期バイトすごい頑張ったし」

「それ差し引いても羨ましいよ。うわーここに引っ越ししてー」

ホワイトのフローリングに、ライトブルーのカーテンとカーペット。

リビングの隅にある観葉植物もカーテンの色合いによく合っていて、ガラステーブルには砂時計。

物は多くジャンルもバラバラなのに、何故《なぜ》か統一感を感じさせる内装にはお洒落《しゃれ》な雰囲気が漂っている。

「俺の家もお洒落にしたい」

家なんて普通に暮らせればいいと思っていた俺だったが、同い年にここまで差をつけられては落ち着いていられない。

「あんたには無理よ」

「酷《ひど》くね⁉」

「いや、ほんとに。私は親に家賃の半分払ってもらってるから大分楽だけど、それでも週四はバイトしないと回らないわ。あんた、週三以上働けないでしょ」

「……ギリギリいけるわ！」

「はいはい、ソファにでも座っててね」

彩華はそう流して、キッチンに向かう。

釈然としないまま後ろ姿を眺めていると、彩華は小棚からエプロンを取り出した。

エプロンを巻く動作は自宅で何度も見掛けるものではあるが、今日は場所も相手も違う。

彩華のエプロン姿を見るのは、高校の家庭科にあった実習以来だ。

「え、なに？　まじで？」

これから起こることを察しながらも、思わず訊いてしまう。

彩華は髪を括《くく》るためのヘアゴムを咥《くわ》えたまま、こちらに振り返る。

目が合うと、彩華は悪戯《いたずら》っぽく口角を上げた。

「にひっ」

──やばい。

可愛《かわい》さの中に若干の色気を漂わせる立ち振る舞いに、俺は思わずそっぽを向く。

「そこで待ってなさい」

髪を括り終えた彩華が、冷蔵庫の中を漁《あさ》りながら言った。中には買い込まれた食材があるようで、手際良くカウンターに置いていく。

一体なぜいきなりこんなことに。

「なんか俺お前に良いことしたっけ？」

「別に。そういう気分になっただけよ、今日はあんたに来てもらった訳だし」

俺の質問にあっさり答えると、彩華はフライパンにざっとバターを引いた。

誘いに応じるだけでこんな待遇をされるのならば、いつでも飛んでいきたいくらいだ。

そんなことを考えながら彩華の後ろ姿を眺めていると、俺の理解の範疇《はんちゅう》を越えた戦いがキッチン上で始まるようだった。

「あんたグラタン好きだったわよね？　それ作るから」

「えっやばい。俺死ぬの？　これ最後の晩餐《ばんさん》なの？」

「まあ、確かに普通なら死ねるくらいの幸運かもねえ」

彩華はこともなげに言いながら、着々と料理を進めていく。

今まで彩華に料理を作ってもらった回数は片手で数えられる。そのどれもが高校生の時で、体育祭でお弁当を作ってもらったりだとか、家庭科の実習だとか、全て校内での出来事だ。

少なくとも、こうして自宅で振る舞ってもらうことなんて初めてのこと。

学内の彩華ファンからすれば、今の俺の状況は喉から手が出るくらいのものだろう。

「前から料理作ってあげようと思ってたんだけど、全然タイミング合わなかったじゃない？　一度決めたことなのにズルズルと延びていってたから、今日にしようってさっき車の中で思ったの」

「感謝感激雨霰《あめあられ》」

「もうちょっと普通にお礼言いなさいってば」

そう言いながらも、彩華が満足げに微笑《ほほえ》む気配がする。

俺もそのことになんだか嬉《うれ》しくなって、クッションに顔を押しつけた。

微《かす》かに彩華の匂いがして、図らずも悪いことをした気がして顔を離す。

「別に気にしなくてもいいわよ」

彩華はこちらに振り向かないまま言った。

後ろに目でも付いているのだろうか。

「好きに寛《くつろ》いでて」

積み上げてきた時間が、彩華にそんな言葉を紡がせている。

「……おう」

俺は短く返事をして、再びクッションに顔を埋《うず》めた。

背後で彩華が料理をする音と、クッションの匂いに包まれながら、俺は少し考える。

温泉旅行を経ても、俺たちの関係性は大きく変わらなかった。

そして、これからもこの関係を維持していこうと思った。

たとえ傍《はた》から見れば歪《いびつ》な関係性だとしても、当人の俺たちが満足しているならそれで良いと。

それは俺自身が選択したことで、彩華が受け入れたことでもある。

だが今、俺は彩華が住む家にいる。

これまでになかった、初めてのことだ。

もしかしたら——と、今まで考え及ばなかったことが頭の中に浮かび上がった。

口に出すには恥ずかしく、そして恐ろしくもあることだ。

——彩華はこの関係を変えようとしているのかもしれない。

温泉旅館で放った「どちらに転んでも良かった」という発言も、本音だったのかもしれない。

……だとしたら。

この居心地の良い空間を永久に保つことなんて、夢物語なのだとは分かっている。

社会人になれば時間も取りづらく、会う頻度も極端に減り、精神的なゆとりだって無くなっていくに違いない。

だからこそ、俺は今この瞬間にある空間を大事にしたい。

――友達という垣根を越えた先の景色を見てみたい。

高校生の時の俺から見れば、今がまさにその景色なのだろう。

だから大学生になった俺は、自問自答する。

お前は、美濃《みの》彩華と親友になった。

その先の景色が、もしも存在するのなら。

お前はそれを見てみたいか――と。

◇

◆

「美味《うま》すぎる」

一口食べた瞬間、思わず感嘆の声が漏れた。

もう一口食べると、喉の奥から幸福感が湧き上がってくる。

彩華が作ってくれたグラタンは絶品だった。

手作りグラタンなんて食べたのはいつ以来か、本当に記憶がない。

小さい頃から弁当にはグラタンが入っていたが、あれは勿論《もちろん》冷凍食品。冷凍グラタンも手間が掛かっていない割にとても美味かったが、彩華の作ったものとは流石《さすが》に比べ物にならない。

唯一冷凍グラタンが勝っている部分は、食べ切った後に今日の運勢を確認できることだろう。

またグラタンを口に運ぶと、俺は口元の緩みを抑えきれず、一旦スプーンをお皿に置いた。

「いや、もう美味すぎる。語彙力がほしい」

「別に、あんたの食レポなんて期待してないっての」

そうは言いながらも、彩華の表情はご機嫌だ。

「どう？　見直した？」

「見直すって？」

俺がキョトンとすると、彩華はスプーンの先端を俺に向けて口を開く。

「あんた、私の手料理食べるのほんとに久しぶりでしょ」

先ほども思い返していたことだが、彩華の手料理を食べるのは実に高校生以来。

彩華の作った出来立ての料理を沢山食べることなど初めてだ。

だが別に、見縊《みくび》っていた覚えはない。

高校生の時に弁当から分けてくれたおかずも美味しかったし、家庭科で彩華が担当した肉じゃがは男子が取り合っていたくらいだ。

「最初からすげえ期待してたけど、そのハードル越えてくるくらい美味いぞ」

俺の返事を聞くと、彩華はジト目でこちらを見た。

「ぐうの音も出ないほど完璧な返しでムカつくんだけど」

「それは理不尽すぎない？」

彩華はスプーンの行き先に迷ったように俺の眼前でフラフラとさせてから、自分のグラタンを漸《ようや》く掬《すく》う。

咀嚼《そしゃく》しながら、彩華はコクコクと頷《うなず》いた。

「うん、うん、まあ。美味しくできたかな」

「良い出来か？」

「ホワイトソースから作ったんだから、私好みの味ではあるわね。あんたの口に合って良

かったわ」

彩華が料理をし始めた時、フライパンにバターを入れていたことを思い出す。

あれからまた何かを投入している様子だったが、ホワイトソースを作っていたのか。

俺の理解が及ばない分野のため、正直あの場では何をしているのかよく分かっていなかった。

「かなり凝ったんだな」

「当たり前よ。美味《おい》しいモノ食べてもらいたいもの」

彩華の言葉に、俺のスプーンが皿の上で止まる。

一旦口に運ぼうとしていたスプーンを戻して、彩華をまじまじと凝視する。

それに気付いた彩華は、自分の発言を思い返したのか数回瞬《まばた》きをして、頰《ほお》を僅かに染めた。

「別に他意はないからね」

「ないのか？」

「な、ないわよ」

「なーんだ。狙ったのかと思った」

「……念のために訊《き》くけど、何を？」

彩華はなんとも言えない表情を浮かべて、質問してくる。

俺はグラタンに舌鼓を打ちながら答えた。

「美味しいモノ食べてもらいたいもので、ダジャレかなって」

「……んなわけないでしょバカ！」

「俺のエビィ！」

彩華は俺の皿に残っていたエビを根こそぎ奪い、志乃原もびっくりのペースで食べ始めた。

何を勘違いしたのか知らないが、これ以上刺激しないようにと俺はゆっくり咀嚼する。

エビは無くなっても、グラタンは変わらず美味しい。

クリーミーな風味が口内に広がり、身体《からだ》の芯から温まるようだ。

彩華が足りなくなったお茶を注《つ》ぎに行くため冷蔵庫に向かった時、俺は略奪されたエビをいくつか取り返し、早速胃の中に入れた。これで証拠は残らない。

「ねえ、お酒でも飲む？」

「あー飲む飲む」

彩華は俺の返答に頷くと、冷蔵庫から缶ビールを二本持ってきた。

プシュリと栓を開けて、コチンと缶を当てる。

「かんぱ……」

言いかけて、俺は口を噤《つぐ》んだ。

「どうしたの？」

「ダメじゃん。俺ら今日車で来たんだから」

彩華もすっかり失念していたようで、「あ、あぶなっ」と俺の手元にあった缶を下げる。

「ごめんごめん、いつもみたいに話してたら完全に忘れてた」

「くっそー飲みたかったー」

彩華の用意した食事は手作りのグラタンだけでなく、サラダや市販の刺身を盛り付けた大皿もある。

これにお酒があるとどれだけ満喫できただろうかと、思わず嘆息する。

「また次の機会にね」

彩華はそう言って、冷蔵庫に缶ビールを片付けにいく。

栓を開けてしまったので、彩華はあれを一人で飲むことになるだろう。

「次の機会って、一体いつの話だよそりゃ」

長い付き合いで、彩華の家に入り食事をしたのは今日が初めてのことだ。

今日だって彩華の気まぐれのようなもの。

次にいつ来られるかなんて、彩華の気分次第。

そんな状況下でのお預けに、俺は「ちぇー」と声を漏らした。

「別に、事前に連絡さえくれたらあんたの好きな時で良いわよ」

予想に反して、彩華はそう告げる。

「え、いつでも？」

「事前に連絡くれたらね」

「……え、なんで？　まじ？」

「なんでそんなに疑ってんのよ」

彩華は苦笑いして、再び腰を下ろした。

小皿に刺身やサラダを取り分けて、それぞれ渡してくれる。

俺は刺身に醤油《しょうゆ》をかけながら、問いに答えた。

「今まで全然お前の家に入ったことなかったのに、いきなりいつでも良いよなんて言われたらびっくりするだろ。別に疑ってはないけど」

「でも今、来てるじゃない。今が全てよ。今のあんたの気持ちはどうなの」

「それは——」

またこの家に訪れたい。

こんなもてなしを享受してそう思わない男はいないだろう。

俺を躊躇《ちゆうちよ》させたのは、家に上がることによって彩華との仲に何らかの変動が起こることへの恐れだ。

——たまにある葛藤だ。

今の関係に満足しているからこそ抱いてしまう。

この関係が変化することは、必ずしも俺たちにとって良い方向に働くとは限らない。

俺にとって彩華との関係は、どんな物でも天秤《てんびん》に掛けることができないからこそ、判断し難《がた》いのだ。

だからどうしても、現状維持という考えが頭から離れなかった。

だが改めて思案してみれば、それは些《いささ》か堅い考えのような気がしてくる。

本当に俺が根本から、彩華との関係を毛ほども変えたくないのなら、温泉旅行に行くことを断っていたに違いないのだ。

あの誘いに乗ったことは、心の何処《どこ》かでより良い変化を期待する気持ちがあったことの何よりの証拠ではないだろうか。

お互いにとって良い関係というのが具体的に何を指すのかは分からない。

だが、確信できることが一つある。

　これから俺が彩華の家へ訪れるという選択をしたとして、過ごす時間が増えることに対して悪い気分になるはずがない。

　だとすれば、結論付けるのは簡単だ。

　彩華の言う通り、大事なのは今の俺の気持ちなのだから。

「じゃ、たまにご飯食べに行くわ。よろしく」

　美濃彩華と、もっと楽しい時間を過ごしたい。

　社会人になるまで限られた、残り僅かな時間を好きなように過ごす。

　それが今の俺の気持ちで、優先すべきことだ。

「正直に生きる方が、幸せだもんな。グラタンおかわり！　そんで明日はコロッケが良い！」

「それはそれで甘えすぎよ！」

　彩華がバシンと肩を叩《たた》く。

　その行動とは裏腹に、表情はいつもより柔らかいように感じる。

　目が合うと何だか無性に気恥ずかしくなり、俺は誤魔化《ごまか》すようにサラダをかき込んだ。

第5話　仮交際

ボールのドリブル音が、体育館一体に反響している。ワックスの匂いが鼻腔《びこう》を擽《くすぐ》り、中高生の間バスケ部だった身としては、此処《ここ》は落ち着く空間だ。

今日は礼奈《れいな》と約束していた、バスケサークル『start』の活動日。

俺が今履いているバッシュは自前のお気に入りのもので、念入りに紐《ひも》を結ぶ。腰を上げて靴裏を床に擦《こす》り付けると、キュキュッという耳に心地いい音が鳴った。

床のコンディションは良さそうだ。

「なあ、悠《ゆう》」

「なんだ」

横から話しかけてきた藤堂《とうどう》に返事をする。

藤堂は「なんだじゃねえよ」と言ってから、親指でクイッと後ろを差した。指し示された体育館への入り口には、礼奈が佇《たたず》んでいる。

「後輩ちゃんとは違う女子連れてきたと思えば、あれ。お前の元カノじゃねえの？」

「そうだな」

あっさり認めた俺を怪訝《けげん》に感じたのか、藤堂は眉を顰《ひそ》めた。

「もしかして復縁したのか？」

「いや、違う」

「じゃあなんで連れてきてるんだ。お前浮気されたんだろ、どういう風の吹き回しだよ」

藤堂は若干呆《あき》れたような表情を浮かべる。浮気した彼女を連れてくるなんて何を考えてるんだ、と言いたげだ。まあ、本当にその通りの状況なら、俺でも同じことを思うだろう。

「念のために確認しておくけど、そのこと誰にも話してないよな？」

俺が訊くと、藤堂は「当たり前だろ」と即答した。

「皆んなが知っているのはお前が別れたところまでだ。そこらへんの線引きはちゃんとしてるさ。悠が誰かを好きになったとか、そういう話なら言いふらす可能性もあるけど」

「それならお前の線引きはちょっと間違ってるぞ……」

俺の言葉に、藤堂は可笑《おか》しそうに肩を揺らす。

若干不安は残るものの、藤堂を信じることができなくなった時はそれこそ人間不信へ直結する。大学からの付き合いではあるが、同性の中では最も多くの時間を過ごしているのだ。

だからこそ、藤堂には礼奈との一件を伝えておきたい。

自分から情けない面を曝《さら》け出すのは足踏みをしてしまうが、これが礼奈の汚名返上に繋《つな》がることを思えば安いものだ。

「ちょっと藤堂に話しておきたいことがあるんだけどさ」

俺は藤堂の隣に、再度腰を下ろす。

チラリと入り口の方を見ると、礼奈はサークル員がシューティングしている様子を興味深そうに眺めているようだった。

——礼奈には、俺が藤堂に全てのことを話し終えるまで待機してくれとお願いしてある。

俺から「別れた理由は礼奈の浮気だ」と伝えられた友達は、彩華《あやか》や藤堂を含めて数人いる。このサークルでは藤堂だけだが、いずれ全ての人に訂正する必要がある。

礼奈は「私のためにそんなことしなくていいよ」と言った。

それ故に、礼奈にとって俺が今後取ろうとしている行動は自己満足で、大した意味を持たないものに映るかもしれない。

だが、これは俺の最低限のケジメだった。

今後礼奈に憂いなく接するための必要不可欠な条件。

だから俺のケジメは「礼奈のため」という皮を被《かぶ》った自己保身に他ならない。それでも結果として礼奈との再スタートへと繋がるのなら、その自己保身に意味を与えることもできるだろう。

藤堂へ全てを話すことが、そのケジメへの第一歩。

俺は意を決して、静かに、そして大きく息を吸った。

「俺、彼女に浮気されたって言ったよな」

怪訝な表情を浮かべる藤堂に、俺は言葉を紡いでいく。

去年の出来事を一つ一つ想起しながら、自身を戒める意味も込めて時間を掛けて話していく。

最初こそ藤堂は軽い調子で聞いていたが、次第に真剣な面持ちになっていった。

藤堂は彼女に一途《いちず》な男だ。ひょっとすると、これを機に軽蔑されるかもしれない。藤堂の性格からして表立って態度は変えないだろうが、心の内は分からない。

気心の知れた一人の友人が離れていく可能性に話し始めてから気付いたものの、もう途中で止めることはできない。

そして数分後、俺はやっと全てを話し切った。

唯一彩華の名前は明言しなかったが、藤堂は分かってしまうかもしれない。

実際は俺の慮《おもんぱか》る気持ちが欠けていただけで、彩華自身に罪はない。だがそのことを正しく理解できるのは、恐らく俺しかいないだろう。なぜなら、彩華との関係性は俺たち当人にしか分からないものだから。

藤堂でさえ、俺と彩華がなぜ他人と一線を画した関係を築いているのか知るところではない。

高校二年生のあの空間、あの時間を共に過ごしたから今の関係はあるのだが、それを言葉だけで伝えても理解を得るのは難しいに違いないのだ。

それは俺も、そして彩華も自覚している。

だからこそ、彩華が礼奈との一件を機に俺との関係性を考え直すことになると思うと、どこか落ち着かない気分にもなった。

だが電話で礼奈との一件を告げてからも、彩華はいつも通り俺と話してくれる。

そのことに、俺は少なからずほっとしていた。

他人からは歪《いびつ》に映るかもしれない関係も、俺にとっては何物にも変え難いものだから。

とはいえ、そのことと礼奈にした言動は全く別の話だ。

今は自分の配慮の足りなさが事を招いたという現実に対して、正面から向き合わなければならない。

その一歩目として藤堂に全てを話したのだが、藤堂は俺が喋《しゃべ》っている間、一つの言葉も挟まなかった。

——軽蔑しているんだろうな。

自分で喋っていると、酷《ひど》い話だという認識がますます強くなる。

藤堂も、何と返答するか考えあぐねているに違いない。

反応を待ち続けると、やがて藤堂は重苦しい溜息《ためいき》を吐《つ》いた。

「…………誰にも言わなくてよかったわ、ほんと」

「……ごめん。余計な気遣わせた」

藤堂も彩華と同じように、俺が別れた直後は少なからず気遣ってくれていた。だがそれは、浮気をされたという特殊な事態が絡んだだから。ただ別れただけの話なら、藤堂は俺に気を遣うこともなかったはずだ。

もっとも彩華は気を遣った結果笑い飛ばし、藤堂は俺をからかいと、常人にはない行動を取ったのだが。

藤堂も俺と同じことを考えていたようで、「俺はふざけてただけだろ」と笑った。

「ただ、礼奈さんは気の毒だな」

藤堂の言葉に、俺は首を縦に振る。

「申し訳ないよ、ほんとに。……お前にも、軽蔑されても仕方ない話だ」

俺が声色を暗くすると、意外にも藤堂は小さく笑みを溢《こぼ》した。

「いや。ぶっちゃけ、お前の言動も理解できるよ。俺も彼女に楽しかったことを逐一報告してたら、いつの間にか怒らせてたって経験あるからな」

「藤堂も？」

気配りができる印象が強いので、意外な気持ちになる。

このサークルにも多くの新入生が入っているが、数多くあるバスケサークルの中でこれだけの人が集まるのは藤堂が代表になったからだ。

誰とでも分け隔てなく笑い合うことができ、先輩後輩、男女から共に評判が良い。

友達だからという贔屓目《ひいきめ》を抜きにしても、藤堂ほど尊敬する点が多い同年代は珍しいとさえ思っている。

そんな藤堂が俺と同様の失敗をしていることに、思わず口元を緩めた。

「……お前もそういう失言とかするんだな」

「ばか、当たり前だろ。俺は早い時期に失敗繰り返したから、今の彼女とずっと上手《うま》くいってるんだよ。前の彼女にはふつーにそれに起因したケンカで振られたっつの」

「へえ。なんか藤堂って、そこらへんの気遣いは天性で持ってるもんかと思ってた」

俺が茶化《ちゃか》すと、藤堂は「はは、そんな訳」と口角を上げる。

「皆《み》んなが通る失敗を先に経験しておくと、皆んなが失敗してる最中に余裕持てるんだ。悠が俺に持ってる印象は、その結果ってわけ。これ、結構得だぜ」

その言葉には、不思議と重みがあった。借り物ではない、藤堂自身が何かしらを経験した上で得た持論なのだろう。

恋愛にも何にでも言えそうな汎用性の高い理論は、綺麗《きれい》に腹落ちした。

「大人の余裕ってよく言うけどさ。あれ、先に失敗を経験したからこそ出るものなのかもな」

俺はそう言って、腰を上げた。

失敗は成功の元。

俺と礼奈の間にあった出来事を失敗だとするのなら、やがてその経験を糧にして活《い》かせる瞬間がくるのかもしれない。

それが半年後か、一年後か、もっと先になるかは分からない。

だが俺が礼奈との一件を忘れなければ、その時はきっと訪れる。

「その時の相手は誰なんだろうな」

藤堂がそう言って、ニヤリと笑う。

俺はほんの僅かな時間そのことについて思案して、放棄した。

「お前かもな」

「やめろよ？」

座ったまま飛《と》び退《の》いた藤堂に軽く笑いながら、俺は礼奈の方へと歩みを進めた。

入り口からこちらを控えめに覗《のぞ》いていた礼奈と目が合う。

藤堂には、全てを話した。

——これで少しは、礼奈と憂いなく話すこともできるだろうか。

きっと、その答えはすぐに分かる。

再スタートを切ったことの善《よ》し悪《あ》しも、恐らくは。

俺は礼奈に向けて手を挙げ、藤堂に話し終えたことを伝えた。

◇◆

「悠《ゆう》太《た》！」

呼び声と共に、オレンジ色の球体が掌《てのひら》に収まった。俺がバスケットゴールに視線を投げると、距離が遠く、まだシュートを狙える位置じゃない。

前方に相手ディフェンスが二人。

一人が素早くパスコースを塞ぎ、俺は内心舌打ちしつつ他のパスコースを探す。チームメイトにはそれぞれぴったりマークが付き纏《まと》い、パスの受け手は見つからない。

「自分で行け！」

誰かの苛立《いらだ》った声が聞こえた。

呼応するように、軸足に体重を乗せて重心を傾ける。相手も迅速に対応して、俺の進路を潰すために身体《からだ》を入れた。

――ここだ。

後ろ側に身体を回転させて、ディフェンスより半身前へ進攻する。

視界が開けた先には、藤堂がいた。

パスを出すために腕を伸ばすと、藤堂の顔が険しくなった気がした。

「……分かったよ」

ドリブルを継続して、カバーディフェンスを横飛びで無理やり引き剝がし、着地前にシュートを撃つ。

バックボードに跳ね返されたボールは、そのままゴールリング内に落ちていった。

「あの動きができるのに、なんで毎回パス出そうとするんだってーの」

藤堂はそう言って、俺の肩をトンと叩《たた》いた。

躍動の負荷が掛かった身体が、キシリと痛む。

「パスだって立派なチームプレーだろ」

「そりゃ当たり前。でも、お前の中にパスしか選択肢がないんだったら話は別」

藤堂は空になったペットボトルをくしゃりと潰して、眉を顰《ひそ》めた。

「自分で結果を決めたくないっていう悠の考えが、プレーに出てる」

「耳が痛い耳が痛い」

俺はかぶりを振って、藤堂の声を遠ざける。藤堂はバスケがかなり上手い。

だからかもしれないが、試合後に俺にアドバイスをくれることが多かった。技術的なものではなく、主にメンタル面へのアドバイスだ。

以前志乃原《しのはら》と一緒に参加した時は、「パスを繋《つな》ぐのも立派なことだ」と言っていたが、今日の主張は真逆らしい。

「でも、最後はシュート撃ったろ」

個人プレーに走った方が確実な場面だったからこそ、多少無理やりな動きができた。久しぶりにディフェンスを力尽《ちからず》くで引き剝がした高揚感は、まだ胸の奥で燻《くすぶ》っている。

「まあ、お前は必要に迫られたら決断するよな。何事も」

「何が言いたいんだよ、分かんないんだけど」

「はは、ごめん。最後はまじでナイスシュート」

陽気な笑いとともに差し出された掌に、軽くハイタッチする。

すると、上の方から柔らかい声がした。

「悠太くん、かっこよかったよ」

礼奈はそう言って、スポーツドリンクを俺に渡してくれた。

「さんきゅ」

藤堂から奢《おご》ってもらったお茶を傍《そば》に置いてから、ありがたく受け取る。藤堂は俺の行動を特に咎《とが》めることもなく、礼奈に向けて口を開いた。

「相坂《あいさか》さんって、悠がバスケしてる姿見るの初めて？」

「うん、初めて。悠太くんって、バスケの話自体を全然してなかったし」

礼奈は恋人時代のことを思い返しながら返事をしている。

俺から事の顚末《てんまつ》を聞いた後だとそれだけで気まずい雰囲気になりそうなものだが、藤堂はそんなことを感じさせない笑顔を見せた。

「そっか、どうよ悠のバスケ」

「見て良かった、かっこいい」

礼奈が嬉《うれ》しそうに言うのを見て、なんだか居た堪《たま》れない気持ちになる。

「むず痒《がゆ》いからやめろって」

「なんで、いいじゃんほんとのことだもん」

礼奈の返事に、俺は頭をがしがしと掻《か》いた。

藤堂はそんな俺の姿が面白かったらしく、声を上げて笑う。

「なんだ、今はちゃんと仲良さそうじゃん。良かったわ」

「そりゃ、まぁ……以前よりは」

つい歯切れの悪い口調で言ってしまう。礼奈との一件を知られるというのは、自身の未熟さを知られるのと同義。実につまらないプライドが、俺の口へ無意識に蓋をしている。

「藤堂君は、悠太くんから全部聞いたんだよね？」

礼奈が藤堂に質問した。

全部というのは、別れた原因についてのことだろう。藤堂も礼奈の訊《き》きたいことを察したらしく、首を縦に振った。

「聞いたよ。差し支えなければ、中身確認しておく？　万が一語弊があったら、訂正の機会とかそうそうないだろうし」

「ううん、いらない。私、悠太くん信用してるから」

礼奈があまりにもあっさりと断るので、俺は少し驚いた。

それは藤堂も同様だったが、やがて納得したらしく頷《うなず》いた。

「だな。俺も信じてる」

「……ど、どうも」

藤堂と礼奈のやり取りに、俺は小さい声でお礼を言う。

すると、礼奈は頬《ほお》を緩めた。

「悠太くんが不利になるようなこと、言わなくていいのに。こういうのはもう、藤堂君が最後でいいからね」

礼奈の言葉に、俺はかぶりを振る。

「いや、学部の友達にも何人か言っちゃったんだ。全部訂正するよ」

「ううん、いらない。藤堂君は、悠太くんと一番仲良い男子だから甘えちゃったけど。他の友達全員に言って、悠太くんが周りから陰口言われるようなことがあったら、私それこそ悠太くんを叱るから」

「なんでそうなるんだよ」

「……悠太くんが周りからマイナスに見られると、私も悲しいんだもん。それとも私が悲しくなることしないでっていう我儘《わがまま》は、もう聞いてくれないかな」

礼奈は眉を下げて、俺に訊く。

……ズルい言い回しだ。そんなことを言われたら、俺が断れる訳がない。ズルくて、同時に優しい言葉。礼奈はどこまでも、俺のことを考えてくれている。

「分かったよ。もう言わない」

「うん。ありがと」

「そんなの俺のセリフだろ。どこまで優しいんだよ」

俺が苦笑いすると、藤堂が同意した。

「確かに、懐が深い。こんな人中々いないって」

「ふふ。悠太くんの前だから、格好つけちゃった」

「普通逆だろ！」

藤堂が礼奈につっこんで、そして言葉を続けた。

「これからもたまに顔出しなよ。俺らのサークル、そこらへん自由だから」

「えっ、サークルに入ってなくてもいいの？」

「いいよ。実際、特に籍はないのにマネージャーしてる人だっているし」

藤堂が俺に悪戯《いたずら》っぽい視線を送る。

十中八九志乃原のことだ。

おそらくあの後輩はこの数ヶ月で、両手の指では収まらないくらいの回数、この体育館を訪れている。

そのことを鑑みると、藤堂の言葉は充分に実現しやすい提案といえるだろう。

礼奈も暫《しばら》く思案している様子だったが、やがて「お言葉に甘えるかも」と笑った。

「じゃ、俺は次の試合も出るから。悠は休んでな」

藤堂はそう言うと、腰を上げてコートへと歩き始める。

「勝ち残りだろ、俺も出るよ」

俺が立ち上がると、藤堂はすぐさま手をしっしと振った。

「ばか、客が来てるんだぞ。暇にさせる頻度はなるべく減らしてくれ、サークル代表のメンツのために」

「お前のためじゃねえか！」

藤堂は俺のツッコミに軽く笑い、コートへと駆けて行った。

俺の代わりには下級生が出場するらしく、当分出番は回ってこなそうだ。

試合開始の笛が鳴ると、藤堂は俊敏に動き、すぐさまボールをものにする。

暫く試合の動向を眺めていると、礼奈は俺に質問した。

「藤堂君とは一年生からの仲だっけ」

「そうだな」

ドライブインしてシュートを撃つ藤堂の姿は、贔屓目《ひいきめ》なしの同性から見ても華やかに映る。

かつて『start』に入ったばかりの時、二人でタッグを組んで他のバスケサークルとの対抗戦で躍動していたことが懐かしく思えるくらいには、長い時間が過ぎた。

出会ってから二年。藤堂との付き合いも、きっと大人になってからも続いていく。

大学でできた友達は一生物と聞いたことがあるが、それはお互いがある程度価値観や振る舞いが成熟された後に出会うからだろう。藤堂と話をしていると、そう思う。

中学の頃に出会っていれば、俺たちは仲良くなっていたか分からない。それは礼奈にも、志乃原にも同じことが言える。

「何がきっかけだったの？」

「別のサークルの新歓。そこで仲良くなった後に、この『start』に入った」

「そうなんだ。いいね、大学でできた友達って」

礼奈はそう言うと、ハンドバッグから紅茶の入ったペットボトルを取り出した。俺が貰《もら》ったそれよりワンサイズ小さい。

礼奈は蓋を開けて一口飲むと、俺に向き直って頬を緩めた。

「恥ずかしいから、そんなに見ないで」

「あ、ごめん」

慌てて視線を逸《そ》らす。礼奈の口元が視界に入っていただけで見つめていた訳ではないのだが、どちらにせよ褒められたことではないのは確かだ。

だが体育館という空間に身を置く礼奈は異彩な雰囲気を放っており、どうしても目を惹《ひ》きつけられる。

志乃原の時もそうだったが、体育館に私服という姿はどうしても目立ってしまう。その人自身が元々目を惹く存在であれば尚更《なおさら》だ。

「そういえば、悠太くんも私のサークルに付いてきたことないよね」

思い出したような口調の礼奈に、「ないな」と返す。

「そうだよね」

礼奈はそう頷いてから、ペットボトルの蓋を閉めてハンドバッグの中にしまった。

確かに礼奈が弓道をしていることはずっと知っていたものの、その姿を見る機会は終《つい》ぞ訪れなかった。彼女のサークルに顔を出すという発想すらなかったというのが、正直なところだ。

「そう考えると、私たちって知らない一面が多分沢山あるんだね」

「かもな。一年間で知る範囲なんて、きっと限られてるし」

二十年間一緒にいる家族ですら、全てを知っている訳ではないのだから当然だ。しかし学生にとって一年という期間はそれなりに長いのも事実で、だからこそ知らない一面がまだ多く残っているということは、俺たちの付き合いにはどこか問題があったという可能性を示唆している。

「悠太くんも私のことを知ろうとしてくれてたし、私も悠太くんのことを知ろうとしてた」

礼奈はコートを脱いで、左腕に掛けた。厚みのあるコートはそれなりの重量があるので受け取ろうかと腕を伸ばしたが、すぐに引っ込める。

腕には試合後の汗が付着していたのだから、好ましくないだろう。

「でも、きっと何処《どこ》かお互い遠慮してて。口にできないことも、沢山あった」

礼奈は髪をおもむろに耳にかけながら、言葉を続けた。

「だから私、訊きたいことあるから今言うね。悠太くんってさ、今好きな人いるの？」

一瞬の沈黙。バッシュが擦《こす》れる音や、ドリブルの音がやたら大きく聞こえる。礼奈は俺に質問をした後、じっとこちらを見つめて視線を逸らさない。真剣な眼差《まなざ》しを何とか正面に受けながら、俺は口を開いた。

「そんなこと、今はあんまり考えない。暫くは多分、特定の相手と付き合いたいとか、そういう思考回路は持たない」

「え、不特定多数と付き合うってこと？」

「ちげえよ！」

慌てて否定すると、礼奈は可笑《おか》しそうに肩を揺らす。

「ふふ。冗談だよ」

「んだよ、心臓に悪い……」

そういう類の冗談は、特に礼奈との間で気を付けるべきだと考えていた。だが礼奈から持ち掛けるなら話は別だと思えば、いくらか肩の力は抜ける。無論、俺からするべきではないということは重々承知している。

だが今の答えは、恐らく礼奈にとっては逃げに映ってしまうものだろう。決して嘘《うそ》を吐《つ》いた訳ではないが、歯切れの悪い返事になってしまったのも自覚していた。

礼奈の問いに対する明確な答えが瞬時に浮かばなかったのだから、仕方ない話ではあるのだが。

礼奈は小首を傾《かし》げて暫く俺を見つめた後、悪戯っぽく微笑《ほほえ》んだ。

「私と付き合う前ってさ、悠太くんが付き合った女子って二人くらいだったよね」

「あー、まあ随分前の話だけどな」

　中学三年と、高校一年。

　それぞれ半年未満で別れたが、どれも学生の平均的な人数、期間だと思っている。

「その人たちとは、会ったりしてるの？」

「まさか。もう何年も連絡してないよ」

　高一の元カノはインスタだけ繋《つな》がっているが、中三の時の元カノは連絡手段も何一つ知らない。そのことに対して特に何も感じないのは、周りの作った空気に流されて付き合うような、気持ちのこもっていない関係だったからだろう。

　中学から真剣な交際をする人もいるが、俺はそうではなかった。初めて両想《りようおも》いが実り、身が焦がれるほど好きになったのは眼前にいる礼奈だけだ。

「どれも短期間って言ってたもんね。じゃあ、比べる人がいないのと同じかなぁ」

　礼奈がポツリと呟《つぶや》いたので、俺は怪訝《けげん》に思って問い返す。

「どういう意味だ？」

「ううん、この考え方が倫理的に間違ってることは分かってるんだけど。……比べる人がいないのは、悠太くんにとってどうなんだろうと思っちゃって」

比べる人。確かに交際において鮮明に残っている記憶は礼奈のものだけだが、他の元カノの記憶があまり残っていないことには憂いがない。

元カノを比較すること自体、特段必要のないように思える。

「私、今ちょっと性格悪いこと言っちゃったね。自覚はあったんだけど、他に言葉が見つからなくて」

「気にしてないよ、言いたいことは分かるし。確かに、比較対象が多いほど正確になる気もするよな」

　多くなりすぎると逆効果かもしれないが、ある程度の指標はあった方が良いという考え方も存在するだろう。

　最も望ましいのは最初に付き合う人が所謂《いわゆる》運命の人であるということだが、俺の場合初交際は中学三年の時点で終わってしまっている。

「でも、試しに付き合うなんてことはできないしな」

　付き合うからには、真剣な関係を築いていかなければいけない。

　だが真剣だからこそ、交際関係に至るまでに様々なリソースを割かなければならず、経験を積んでいくことが比較的難しい。だからこそ交際経験は貴重で価値あるものなはずなのだが、こと恋愛において経験を積み重ねるのは必ずしも良いようには捉えられない。

自分の前に一人でも交際経験がある異性は信用できない、爛《ただ》れた人間だ——そんな言葉を吐く人がいる。

何事も経験を積んでいくうちに精度が上がっていく。一度目で物事を成功させる難易度が高いことなんて当たり前のはずなのに。

勿論《もちろん》、お互い一度目で成功させることが最も望ましいのは確かだ。

だが俺は既に次が四度目の交際になることから、そんな綺麗事《きれいごと》は言っていられない。そういう意味では自分の指標を確立するために、〝お試しの交際〟をするというのは都合の良い話なのかもしれない。

条件は、相手も仮交際だと承知済みであること。これは当然の話で、こちらだけ仮交際なんて心算で付き合い始めるのは、人として最低のことだ。

欠点は、世間体が最悪だということ。たとえ本人同士が仮交際という関係に納得していても、周りでその関係を認めようとする人は少数派だろう。

そして最大の問題は、そんな倫理観を持ち合わせている風変わりな人間が、周りにいないということだ。

「うん、やっぱ無理だな」

俺が言うと、礼奈は残念そうな、そして同時に安心したような表情を浮かべた。

「だよね。私も悠太くんがそういう経験を積むことは……何というか、お勧めしたいけど。ちょっぴり不安もあるっていうか」

「まあそんな試しに付き合おう、みたいなノリのやつは周りにいないし」

自分で言った瞬間、数ヶ月前の情景が脳裏にフラッシュバックする。

去年のクリスマスイブに、そういう話をしたことがあったような、なかったような。

「その話、詳しく！」

「は？」

後ろから聞こえてきた声は耳馴染《なじ》みのあるもので、言霊は本当にあるのかもしれないと思わされる。

振り返ると、そこにいたのは。

「あっ」

礼奈が声を漏らす。

俺と礼奈の視線の先には、志乃原が腕を組んで口角を思い切り上げていた。

◇◆

「ていうか！　なんでいるんですか！」

志乃原は礼奈を糾弾した後、素早く俺に視線を移す。

この後輩には事の全てを伝えてあるので、別に悪いことをしている訳ではないという視線で返す。

「なんだかこうなる予感がしてたんですよね……」

次第に志乃原の頰《ほお》は膨らんでいったが、やがてぷしゅりと萎《しぼ》んだ。

「こうなる予感って」

軽い気持ちで訊《き》くと、志乃原は俺の肩をガシリと摑み、ガグガクと揺らした。

「先輩が！　礼奈さんを！　このサークルに連れてくることですよ！」

今週二度目の揺さぶりに目を回しつつ、何とか返事をしようと口を開く。

「俺が、誰を！　連れてこようが、自由だろ！」

「それが分かってるからムカつくんですよー！」

「ねえ、真由《まゆ》ちゃん」

礼奈の声に反応した志乃原が、俺の肩から手をパッと離す。唐突に離されたものだから俺はそのまま後ろにひっくり返ってしまったが、誰も気にする様子はない。

「はい、今度は名前覚えててくれたんですね。なんでしょう礼奈さん」

「悠太くんって人気あると思う？」

「ちょ、いきなり何訊いてんだ！」

礼奈の質問に、俺が起き上がり際に反応するものの、志乃原は視線を真《ま》っ直《す》ぐ礼奈に向けて答えた。

「あるんじゃないですか。実際、礼奈さんもお付き合いされてたみたいですし」

「あはは、まあね。きっかけはそういう人気とか関係なかったんだけど」

「はあ」

志乃原は弛緩《しかん》したような返事をするが、礼奈は気にする様子もなく続ける。

「人気がある人を放っておいたらさ、自分の目の届かないところに行くなんてある意味当たり前だと思うんだよね。それが嫌なら、それこそ深い仲になるしかないんだよ」

先ほどから両者に持ち上げてもらっているが、元々人気があるのは明らかに礼奈の方だし、俺自身が遠くに行くような存在になった覚えはない。仮にそんな存在なら、大学三年生にもなって自堕落な生活から抜け出せない訳がない。

就活まで時間が迫ってきているというのに、努力の向き先を未《いま》だに決められていないのだから。……自身で否定をしていると、何だか虚《むな》しくなってくる。

「何言ってるんですか。私と先輩はマリアナ海溝くらいの深い関係ですよ」

「おい、そんな最深部まで入られた記憶はないぞ」

「ちょっと先輩うるさい！」

「今俺についての話だよね⁉」

そう返事をするも、小悪魔後輩の視線は礼奈に釘付《くぎづ》けだ。

「それに礼奈さんと先輩との間に色々あったとしても、私の行動は変わりませんからね」

一昨日《おととい》の一限目開始前に、直接言ってきた内容だ。

俺にとっては嬉《うれ》しいその言葉も、礼奈にとっては違う印象を抱かせることになるだろう。

「真由ちゃんの行動って？」

「先輩と仲良くすること！」

「そっか、ありがと」

「へっ？」

志乃原は拍子抜けしたような声を出す。何か違うことを続けようとしてたらしいが、礼奈の返事一つで上手《うま》く言葉が出てこなくなったらしく、口をポカンと開けている。

「悠太くんと仲良くしてくれて、ありがと。彼、年下の人と元々付き合いがあんまりなくて。真由ちゃんの存在が、きっと今後財産になると思うから」

「そ、あー、そうですね。確かに先輩も、あんまり年下と絡みがないような話はしてました。でもなんでしょう、その……」

　礼奈が小首を傾《かし》げると、志乃原は意を決したように言った。

「礼奈さんに先輩の彼女感が未だにあって、なんだかとっても変な気分です」

「ふふ。今は元カノだけどね」

　礼奈はこともなげに言葉を返す。

　志乃原は数秒沈黙した後、振り返って俺に言った。

「……先輩、私の聞き間違いでなければ、礼奈さん〝今は〟って言ったような……」

「言ったよ？」

　礼奈がそう答えると、志乃原は俺の返事を待たずに再度彼女に向き直る。

「つまり今すぐにでも復縁したいと？」

　ストレートどころかジャイロボール並みの直球な質問にも、礼奈は臆することなく言葉を並べる。

「少なくとも、今じゃないけどね。私たち、この前関係を再開させたばかりだから」

「そういう——」

「だから、もし短期間お試しで付き合う相手がいたら、悠太くんの恋愛に対する指標がはっきりするよねって話してたの。あくまで、例え話でね」

「その話、詳しく！」

「うん、今話してるから……」

志乃原の食い付きに、礼奈は困ったように眉を八の字にする。

見かねた俺は志乃原の首根っこを摑《つか》んで、礼奈から引き剝がした。恨めしげな目をした後輩が、口を尖《とが》らせる。

「先輩じゃなかったら今の指嚙《か》んでますから」

「あー、俺先輩で良かった」

「そういう言葉が欲しいんじゃないんですー！」

バタバタと腕を暴れさせるので仕方なく手を離す。

初めて志乃原と体育館へ訪れた際は、彼女に触れることなんて憚《はばか》られるものだったが、今は首根っこを摑むくらい造作もない。そういったところで時間の経過を感じた。

「どうです先輩、私で一定期間恋人生活をお試しするのは」

「なし」

「即答!?」

志乃原は驚愕《きょうがく》したような表情を浮かべた後、ヘタリとしゃがみ込む。

「先輩と更に仲良くなれるチャンスが……最近やっと関係深くなってきてたのに」

「あのなあ、自分の経験積みたいだけでお前の時間を奪えるかよ」

レンタル彼女などの金銭による関係ならまだしも、善意によるものならもっと違う時間の使い方があるはずだ。

相手に分かりやすいリターンがない状態では、そんなことは口が裂けても頼めない。

もっとも、自分の時間を無駄にして、更には日頃から志乃原の時間を浪費させている俺が言えた口ではないかもしれない。だが志乃原はサロンモデルなどもやっていることだし、他に個性的な彼女の力を活《い》かせる分野があるかもしれないと思うと、やはり俺の選択は間違っていないように思える。

「私も色々経験したいですもん。私が良いって言ってるんですから、win-win じゃないですか」

「ダメ、絶対」

「薬物みたいなテンションで言うのやめてくださいよ！」

「悠太くんにとっては、ある意味薬物かもね。手遅れかもしれないけど」

礼奈はそう割り込んできた後に続けた。

「さっきも言ったけど、私あくまでものの例えで話してただけだから。真由ちゃんもそんなに本気にしなくてもいいんだよ」

「いや、本気です。丁度良い機会なんですよ、私にとっては」

いつになく真剣な面持ちに、どこか違和感を覚える。

「……どうした？」

俺が訊くと、志乃原は口籠った後に俯《うつむ》く。言おうか言うまいか逡巡《しゅんじゅん》しているようだ。

暫《しばら》くそんな時間が続き、俺と礼奈は顔を見合わせる。そして礼奈が遠慮がちに訊いた。

「何かあった？」

「べ、べつに何かあった訳では……ただ、心境の変化が」

ようやく志乃原が反応し、礼奈に向かって告げた。

「礼奈さんからも、色々学んだ気がします」

「私から？」

「はい。いやその、嫌味《いやみ》とかじゃなくて。すみません、そう聞こえてたら土下座しますけど」

「だ、大丈夫だよ土下座なんて。でも……そっか。真由ちゃんの何かの役に立てるなら嬉しいかな」

志乃原が色々学んだと言ったのは、恐らく俺と礼奈の一件からのことだろう。志乃原が思わず謝ったことから分かるように、普通なら気分を害してもおかしくない。だが、礼奈は意外にも嬉しいと返した。

——相変わらず、心が広いな。

出逢《であ》った時から、礼奈は優しさで人を包み込むような魅力を秘めていた。本人は否定するかもしれないが、包容力の根底にあるのは心の広さなのだろう。

志乃原はそんな礼奈の返事に目を瞬かせた後、飛びついた。

「……礼奈さん、この前はすみません。かなり無礼なことばっかり言ってしまって」

「この前？」

礼奈はきょとんとしていたが、俺にはすぐ理解できた。

志乃原が礼奈を一方的に問い詰めたことを、本人の口から聞いていたからだ。志乃原の独断行動は、再度礼奈へ会いに行くよう背中を押してくれることに繋《つな》がったので、俺にとっては良かった。だが礼奈の立場からしてみれば、志乃原の行動は失礼以外の何ものでもないはずだ。

礼奈もやがて志乃原が何を指しているかを理解したようで、かぶりを振った。

「大丈夫。むしろ、私はちょっと嬉しかったから」

「え？」

「あれって、悠太くんを純粋に慕ってるからこその行動だと思うから。悠太くんやっぱり魅力的な人なんだなぁって、あの時再確認できたの」

礼奈の言葉に、俺は小さく息を吐く。

「お前よくそんな小恥ずかしいこと……」

「だって、ほんとのことだもん」

礼奈はこちらにチラリと視線を向けて、微笑《ほほえ》んだ。

だが志乃原は礼奈の言葉が腹落ちしていないらしく、再び訊《き》く。

「礼奈さん、なんで私に怒らないんですか？　事情があったとはいえ、私なら一度でも自分を邪険に扱った人とは、あんまり関わりたくないなって思っちゃうんですけど」

「んー……」

礼奈は小首を傾げて、視線を上に向ける。そして数秒経《た》つと、おもむろに口を開く。

「事情がなかったら、私だって嫌だよ。事情の中にも、許せるもの、許せないものもあるし。この前の件は、さっきも言った通り嬉しかった」

「……なんでそんなに相手の立場になって考えられるんですか？」

「頭ごなしに否定したくないだけかな。相手の事情も汲《く》み取れば別の結果が出たかもしれないなっていう後悔、私にも経験あるから」

――それが何を指し示した言葉なのか、俺には分かる気がする。

遠回しのメッセージか、それとも。

「こんな私を受け入れてくれる礼奈さんが、悪い人なはずがありませんね」

志乃原はそう言って、礼奈に飛びついた。

礼奈は「うわっ」と驚きながら、志乃原の腕に捕まる。唐突な攻防に俺は唖然《あぜん》とするしかない。

飛びついた志乃原は無言で礼奈を見上げていたが、やがて礼奈の腰に手を回して抱きついた。「ここ落ち着く……」などという言葉を放っており、礼奈は困った様子を見せながらも頭を撫《な》で始める。

「ラーメン屋でお会いした時からほんとはこうしたかったんです……」

「そ、そんなこと考えてたんだね。言ってくれればいいのに」

「何を見せられてんだよ俺は」

思わず声の調子を落として呟《つぶや》いた。礼奈と志乃原の仲睦《むつ》まじい様子は、表面上とても微笑ましいものだが、二人と交流の深い俺からすればそわそわしてしまう光景だった。

だが先ほどまでの志乃原には何かとんでもないことを言い出す可能性を否めない雰囲気があったものの、今はそれも無くなった。今しがたの礼奈とのやり取りは、志乃原の胸の支《つか》えを取り除いたようだ。

「ふふ。なんか小動物みたいで可愛《かわい》い」

「礼奈さんの胸柔らかい……」

「あっ、ちょっと。もー、大人しくしてなさい」

志乃原が顔を胸に埋《うず》めようとしたので、礼奈が慌てたように離れる。だが思いの外志乃原が粘り、結局礼奈も許容したようだった。同性にしか許されないノリで、異性が同じ行動をとろうものなら警察行きだ。

サークル員の視線を背中に感じ始めて、居た堪《たま》れない気持ちになる。声が聞こえる距離に誰もいないのが幸いだった。

「ねえ、先輩」

礼奈の胸の中から、志乃原がモゴモゴと俺に話しかけてきた。そんな状態の後輩に返事をするか迷う。

だが礼奈が無視しようとした俺を視線で咎《とが》めてきたので、仕方なく「んだよ」と答えた。

「こんなに魅力たっぷりの礼奈さんとの記憶しかなかったら、確かに今後の先輩の恋活が心配になります」

「余計なお世話だっつの」

「ほんとのことですもーん」

正直、最近は礼奈との一件に頭が支配されて、これからの恋愛についてなんて考える機会は少なかった。常に誰かが傍《そば》にいてくれるという恵まれた環境も相まって、人肌恋しく感じることもない。

彼女が欲しいという漠然とした思考回路は存在していても、次の彼女について明確に考えようとはしなかった。

彼女ができるとしても、どこかで遠い未来の話と思っていた。

だが改めて考えてみれば、これほど異性が傍にいる時期は長く続かないだろう。俺は、自分に常時人を惹《ひ》きつける魅力がないことを自覚している。にも拘《かかわ》らず、分不相応ながらも常に異性が傍にいる。これをチャンスと捉えるならば、今のうちに彼女はつくっておくべきなのかもしれない。

俯瞰《ふかん》すれば一見理論的で、その実かなり最低な考え方だが、結局男なんてそんなものだと思う。誰にも覗《のぞ》かれる心配のない脳内では、顰蹙《ひんしゅく》を買うような思考があったとしても仕方ないこと。

場を弁《わきま》えてその考えを表に出すような粗相をしなければ、問題ないと思っている。

「俺、今は彼女つくる気ないよ」

だが、これも間違いなく自身の本音だった。

彼女が欲しいという曖昧な欲求はあるものの、これが明確にならないうちは独り身でいたい。

クリスマスシーズンは、カップル御用達《ごようたし》のイベントが控えているという事実が頭の片隅に存在し、独り身を寂しく感じていた。実際気温が下がると、人間は本能的に異性を求めるようにできているらしい。

だが今は暖かくなってきており、今後控えているイベントだって特に思い付かない。

恋愛に対するモチベーションが下がるのは、ある意味自明と言えるのだ。ふとした瞬間に恋愛が脳裏に過《よぎ》ることはあるが、殆《ほとん》どの時間は恋人を求めていない。

それに――

「うん、だよね」

返事をした礼奈の声色は、心なしかホッとしているような印象を受ける。

礼奈の存在も、恋人がいらないと思う要因の一つだった。

再スタートを切った相手にすぐ恋人ができると複雑な気持ちになることくらい、考えなくても分かる。だから俺は、自分の恋愛に対するモチベーションの有無に拘らず、暫く彼女を作ってはいけない。こんな考えは自己満足かもしれないが、少しでも円満な関係に繋がるならば安いものだ。

「そんなの、知ったこっちゃないです」

志乃原が礼奈の胸から離れて、俺の方へ顔を向けた。

「当事者の意見が知ったこっちゃないってどういう了見？」

「べーっ」

志乃原はこちらに向けて舌を出す。

「おちょくってんのか」

「そうともいいます！」

「否定しろよ！」

志乃原がケラケラ笑ってから、再び礼奈の胸元にダイブした。最初はそんな行動に戸惑っていた礼奈も、今度は口元を緩ませる。礼奈にとってこんなにも短時間で距離を詰められる機会などそうそうないはずだが、満更ではないらしい。志乃原は本当に年上と相性が良いと思う。

だが、一つ引っ掛かる言葉があった。

——知ったこっちゃない。

今の発言は、いつもの軽口なのか。それとも、俺の事情を全て知った上でのものなのだろうか。

だがたとえ後者だとしても、その言い分は間違っていない。志乃原の立場からすれば、俺たちの事情など所詮外野で行われていたものだろうから。

「じゃあ、ひとまずお試しで、先輩を貰《もら》ってもいいですか」

……気軽に思うからこそ、こうした発言を場に投げることができるのだろう。

「その話まだ続いてたの？」

俺がわざとらしく呆《あき》れ顔で言ってみせると、志乃原は「勝手に終わらせないでください！」と膨れっ面をする。

「私、一つコンプレックスがあるんですよ」

「そりゃあ人間誰しも一つはな。だから気に病む必要はない」

「正論言えばいいってもんじゃないんですよー！」

志乃原が俺に嚙《か》み付く勢いで物申すが、今は礼奈とくっついているせいか可愛げのある小動物にしか見えない。

なんだか毒気が抜かれて、俺は溜息を吐いた。

「ちょっと私の昔話していいですか？」

コートに視線を投げると、試合はまだ前半戦。出場の機会があっても暫《しばら》く経ってからなので、正直手持ち無沙汰な時間だ。

「まあ、次の試合までなら」

「先輩ってそんなにバスケ好きでしたっけ……」

「そりゃ、俺ずっとバスケ部だったからな」

中高生の頃ずっとバスケをしていたら、環境が変移した今になっても、ふとした瞬間にボールに触りたくなる時はある。

元々バスケサークルに入ったのは、気分が乗った時に活動に参加できるから。志乃原と出《で》逢《あ》った当初はその機会も限られていたが、最近はかなり頻繁に参加している。

「私も中学生の頃バスケしてましたけど、全然ムズムズしないですね……ってまた話が逸れました」

志乃原は首を振って、俺と礼奈の反応を待たずに話し出した。

「昔々、私はお姫様を夢見ていました」

「女の子はみんなそうだよね」

礼奈が微笑ましそうに言う。志乃原は悶々《もんもん》とした様子を見せたが、「そうですよね」という返事に留《とど》めた。もし今の発言が俺だったら、また〝正論言えばいいってもんじゃないんですよー！〟と噛み付いていたに違いない。

一度気分をリセットするためか、志乃原は自分の頬《ほお》をペチペチと叩《たた》いた。今度は話をしっかり聞こうと、俺も耳を傾ける。

「私の恋愛観って、人とズレてるんですよね。それはもう、ほんとは随分前から分かってることで」

「ああ……確かに、それは前も言ってたな」

今年の一月のことだっただろうか。家に帰ると志乃原がいて、恋愛番組を眺めていた。

「自分の恋愛観が世間とズレている疑惑がある」と言っていたのはその時だ。

「あの時初めて思ったんじゃなかったんだな」

「ずーっと思ってて、控えめにカミングアウトしたんですよ。引かれないようにって思ってたんですけど、もう今となっては大丈夫かなって。先輩も、礼奈さんも」

俺と礼奈は顔を見合わせて、コクリと頷《うなず》く。

恋愛観のズレが分かったところで、俺と志乃原の関係性が変わることはない。引く可能性がゼロとは言い切れないが、それで志乃原との関係を変移させる可能性はゼロだ。

礼奈も志乃原とは知り合ったばかりだが、他人の恋愛観に偏見を持って距離を置くような性格をしていないことは、俺が一番分かっている。志乃原も感覚的にそう思っているのか、あるいは俺を信頼している結果か、礼奈に対しても同様の信頼を置いているようだった。

「聞いた瞬間は引くかもしれないけど、それで敬遠することは絶対ないぞ」

「こういう時は普通嘘《うそ》でも引かないって言いませんか!? 先輩らしいですけど！」

芝居めいた強めの口調だったが、嬉《うれ》しそうな表情は隠しきれていない。あまり深刻な雰囲気になるのは志乃原にとっても不本意なのだろう。

いつも通りの朗らかな声色で、志乃原は言葉を並べる。

「私の中で、ズレた理由はこれかなーって大体分かってるんですよ。結構小さい時から周りとズレてて、そのせいでちょっとごたついたこともあったんですけど」

志乃原は体育館の天井を仰ぐように見上げた。

吸い込まれるように高い天井は、橙色《だいだいいろ》で、体育館に明るい雰囲気を附与してくれている。陽光に似た光を暫く眺めていたせいで残像が邪魔して、表情を見ることができなくなったところで、志乃原はまた話し出す。

「変わりたいって焦って、失敗して。多分人ってそこから成長するのが普通なんでしょうけど、それでも変わらなくて、ズルズルきちゃって。だから、この大学生活が最後だと思うんです。自分を変える、最後のチャンスだと思うんです」

比較的時間に余裕のある大学生活。部活のあった中学生以降に限ると、この大学生活は最も時間に恵まれているといっても過言ではない。

だからこそ志乃原は、この大学生活に一旦のタイムリミットとして線を引いているのだろう。

社会人になっても変われる機会はあるだろうが、次がある、次があると思った結果変わらなかったのなら、自分を追い込むことも必要なのかもしれない。

価値観を変えたいという志乃原の気持ちは、今までもたまに伝わってくることがあった。

それなら、俺も応援したいと思う。先輩として、一人の人間として。

「応援するよ。変わるのって、大変だもんな」

恋愛観を変えることに本気になるなんて、人によっては軽笑の対象にもなるかもしれない。そんなことで何を本気になっているんだと、笑うかもしれない。

だが、少なくとも当人の志乃原は本気なのだ。そして、後輩の悩みは真摯に聞くのが先輩というもの。

先輩だから何かをしなければならないという固定観念にはそこまで賛成する気になれないが、志乃原に対しては何かしてあげたいという気持ちがあった。

なんだかんだとここまで関係を築いてくると、そういう想《おも》いも生まれてくる。

「じゃあ、仮交際してください」

「無理」

「今絶対了承する流れでしたよね!?」

志乃原がそう言って地団駄を踏んだ。試合中で視線がコート内に集まっていなかったら、一体あの三人は何の話をしているのかと怪訝《けげん》に思われたことだろう。

「仮交際するとして、これって一応礼奈さんにも確認取った方がいいんですかね」

志乃原はそう言って、礼奈に向き直る。

礼奈はそんな志乃原の言葉に少し驚いた様子だったが、やがてかぶりを振った。

「私、それを止める権利ないんだ」

……恋仲ではないので、止められない。至極当たり前の理由だが、俺は思わず視線を下げた。今罪悪感を抱くのは礼奈の望むことではないかもしれないが、きっと暫くは苛《さいな》まれることになるだろう。

だが志乃原は特に思うところはないようで、声色を変えずに礼奈へ質問する。

「じゃあ、ご希望期間は？　長いのはあんまり良くないですよね」

「……二日くらいなら」

「みじかっ!?」

志乃原は驚いたが、俺も別の理由で驚いた。

「待って、何で本人を放置して話進められんの？　俺の意見も聞くだろ普通。ていうかさっき俺無理って言ったよな、あれ言わなかったっけ」

「言ってないですね」

数秒前の記憶が抹消されている後輩に、俺は思わずつっこんだ。そんなに都合の良い頭があってたまるか。

「まあ二日ボディタッチ無制限なら、ありですね」

「話聞け！」

「悠太くん、いいよ」

礼奈が静かに、一言告げる。

俺も志乃原も思わず同時に礼奈を凝視した。

「な、なに。二人して」

「礼奈さん……ありがとうございます！　これで先輩は動きますよ！」

志乃原は仰々しい仕草で手を広げて、再び礼奈に抱きついた。

「ちょっと待て、なんでだよ！」

「悠太くん」

再度静かに呼び掛けられて、俺は喉まで出かけていた言葉を一度飲み込む。

この場において、現在一番発言力のある人物は礼奈だ。志乃原も俺も、礼奈の言葉をじっと待っている。

「さっき悠太くんに言ったお試し期間。あくまで例え話で、冗談ぽく聞こえたかもしれないけど。私、割と本気だったの」

「なんで本気になるんだよ。礼奈は――」

――それでいいのか。そう訊こうとして、やめた。

礼奈を慮《おもんぱか》る気持ちと、これを訊くことを繋《つな》げてはいけない。俺が訊くなんて、あってはならない。

どんな答えが返ってこようが、きっと俺が解決することはできないのだから。

「うん」

礼奈はくすりと笑って、頷いた。まるで、俺の思考に察しが付いているというように。

志乃原は礼奈から離れると、俺の腕をガシリと摑《つか》んだ。

「ほら先輩、行きますよ」

「ほんとに待て、次の試合だけは絶対出る。話はそれからだ」

「じゃ、私はいつものジャージに着替えてきます！」

志乃原はそう言って、俺の腕からあっさり離れた。

華奢《きやしや》な肩に掛けられているいつもより大きめの鞄《かばん》には確かな膨らみが見て取れて、前もって準備をしてきたことが窺《うかが》える。

今日俺がサークル活動に参加することは伝えていなかったが、自室にあるカレンダーで予定をチェックしていたのかもしれない。

志乃原は藤堂を始め、近くにいたサークル員それぞれに挨拶をしながら、更衣室に向かって駆けていく。

そんな志乃原の後ろ姿を見て、礼奈がぽつりと呟《つぶや》いた。

「……口は災いの元かもって、さっきはちょっとだけ思っちゃった」

「じゃあ俺今からでも断ってくる」

「ダメ」

「なんで！」

「私のことを……また選択肢に入れてくれるには、どうすればいいのかなって。それを考えた結果が、今だから」

志乃原を追い掛けようとした足がピタリと止まる。

——復縁。

カップルの大抵は別れるものの、時に復縁する人たちもいる。礼奈が復縁を望んでいることは、以前から分かっていた。

だがこうして言葉にされたのは初めてで、どう言葉を返せばいいのか分からない。頭をフル回転させても、納得のいく返事が口から出てきそうにない。

「ごめんね、困っちゃうよね」

礼奈はそう言って、眉尻を下げた。

かつて俺と礼奈は、胸中に燻《くすぶ》っていた気持ちを言葉にしないことですれ違ってしまった。

だからといって、全て口に出されてしまうのも考えものかもしれない。

「言葉の取捨選択って、難しいね」

「……そうだな、難しい」

俺が返事をすると、礼奈は「仕方ないね」と肩を竦める。

丁度いい塩梅《あんばい》が視覚化されたら楽なのに——そんな実現するはずもない考えが、浮かんで消える。

試合終了を示すホイッスルの音が、いつもより大きく聞こえた。

◇

◆

「真由ちゃんの仮交際、ちゃんと受けてくれた？」

サークルからの帰り道、礼奈はたい焼きを二つ両手に持ちながら訊いてきた。片方のカスタード味を差し出され、ありがたく受け取る。

「やっぱたい焼きはカスタードだよな」

「一般的にはあんこだけど、カスタードも人気だよね。悠太くんはあんこ食べられないもんねー」

礼奈は「こんなに美味《おい》しいのに」と付け足して、小さな口でたい焼きを頬張《ほおば》る。

俺はあんこを食べられない訳じゃないのだが、自分でお金を出して食べるとなると断然カスタードだ。生地と洋風な甘味《あまみ》は絶妙に合うと思う。楽しみ方がこれほど分かれるたい焼きは奥が深い。

そのことについて語ろうとすると、礼奈が控えめに掌《てのひら》を俺の口に当てた。

「めっ。話がまた逸れそう」

「むぐ……」

そう言われて、やっと話が脱線していたことに気付く。

頭の中で返事をするだけで、言葉に出していた気になっていた。

カスタードの甘味が口内からある程度消えてから、やっと口を開く。

「断りたいんだけど、ほんとにあいつのお願いに付き合わなきゃいけないのか」

仮交際を頼まれてから、一旦はサークル活動に専念した。今志乃原がこの場にいないのは、元々二人で予約しているお店があると嘘を吐《つ》いたからだ。この件に関しては、志乃原が場にいると進む話も進まなくなる。もしくは、あらぬ方向に進んでしまう。

志乃原も最初は駄々《だだ》をこねていたものの、やがて予約というワードの力に屈し、最後にはサークル活動に参加して交流を深めていた。

サークル員たちからの歓迎も中々のもので、志乃原のコミュ力の高さを体現している。

彩華がある程度計算して世渡りしているのに対し、志乃原の人当たりの良さは天然物だ。だからこそ危うい面もあるのだが、今まで関わってきた人の中に志乃原のようなタイプはいなかったので、知り合ってから数ヶ月経《た》った今でも新鮮な気持ちにさせられる。

丁度礼奈も同様のことを考えていたらしく、「真由ちゃんすぐみんなと仲良くなっててすごかったなぁ」と頬を緩めた。

「真由ちゃんみたいな素直なタイプが慕ってくれるのって、やっぱり財産だと思う」

礼奈の言葉に、不本意ながら頷《うなず》く。

認めるのはなんだか癪《しゃく》に障るのだが、確かに俺にとってあの後輩の存在は大きい。元々志乃原と仲良くなってから、俺はすぐに感謝するようになっていた。だから痛い出費になるのを承知で財布をプレゼントしたのだ。

しかしあの時はあくまで、生活を助けてくれることに対しての感謝。

最近の志乃原への感謝の気持ちは、そこに内包されている模様を少しずつ変えている。

つまり——傍《そば》にいてくれることへの感謝へと。

志乃原という存在が常に頭の片隅にいる。それはただ仲良くなったからという理由だけではなく、俺が持っていない一面を何度も垣間見《かいまみ》たからだ。

自分の感じたこと、考えたことを率直に、言葉や行動で表す。

俺とは対照的な性格をしているくせに、相手に合わせる心得もあって、二人でいる時間は驚くほど俺の日常に馴染《なじ》んでしまった。

これまで生きてきて志乃原のようなタイプと深い仲になることがなかったせいか、頻繁に何処《どこ》か新鮮な気持ちにさせられて、それがまた不思議と心地良いのだ。

「でも、結構苦労するぞ。礼奈にも猪突猛進《ちょとつもうしん》したみたいだし……悪かったな、その時は」

「ふふ、なんで悠太くんが謝るの」

礼奈は少し笑ってから、たい焼きの入っていた紙をくしゃりと丸めた。

「さっきも言ったけど、真由ちゃんが悠太くんのために怒ってたこと、私は嬉《うれ》しかったよ」

礼奈はそう言ってから、髪を梳《す》き始めた。

アッシュグレーの髪が、さらりと耳にかけられる。左耳のイヤリングが、陽光に照らされながら控えめに揺れた。

「でも、後輩のしでかしたことを謝るのが先輩ってものなのかな。いいなぁ、そういうの」

「そうか？」

羨むような声色に、俺は意外な気持ちになった。

礼奈は弓道サークルに入っているし、高校の時も部活に在籍していたはずだ。後輩の一人や二人くらいいるだろうに。

「志乃原の態度見てりゃ分かるけど、礼奈も年下に好かれるタイプだろ。同年代には出せない雰囲気とか纏《まと》ってると思うしさ」

仲の良い後輩がいることを踏まえての発言だったが、礼奈はかぶりを振った。

「私、そんなに面倒見の良いタイプじゃないから。勿論《もちろん》可愛《かわい》がろうと頑張るんだけど、どうしても相性とかあって……やっぱり運動部は、溌剌《はつらつ》とした先輩が慕われるんだよね」

「へえ……まあ、そんなもんか」

言われてみれば、多少は腑《ふ》に落ちる。確かに礼奈は運動部より、文化部がイメージに合っている。弓道は運動部といっても比較的大人しい人が集まるイメージがあったが、礼奈の所属していた弓道部はそうではなかったのだろう。

「……やっぱり嘘《うそ》。今のなし」

「えっ」

「白状します。自分に親しい後輩がいないことに、もっともらしい理由を付けて言い訳しちゃいました。見栄《みえ》張っちゃいました」

そう言って、礼奈はこちんと自分の頭を軽く小突く。その仕草は周りの男子学生が思わず二度見してしまいそうな可愛さを秘めていたが、幸い誰も見ていない。

「今の言わなかったら、俺絶対分からなかったぞ」

俺が正直に言うと、礼奈は小さく笑った。

「そうかもね。でも私、決めたんだ。さっきはちょっと勢いで話進めちゃったけど……それでもよっぽどのことがない限り、悠太くんには自分の考えたことはちゃんと言葉にしてみようって」

「……そうか」

礼奈はあの一件から、変わろうとしている。意識的に自分の行動を変えようとする行為は相当の精神力を要し、一朝一夕でいかないのはよく知っている。そんな苦労を俺との出来事で決意したことは、本来なら申し訳なく思わなければならないはずだ。

それでも、俺は——

「ねえ、悠太くん」

「な、なんだよ」

そう言って、礼奈が俺の頬にちょんと指で触れた。

気を悪くしていいところなのに、礼奈は相変わらず優しく微笑《ほほえ》んでいる。

「行動力あるよな、礼奈って」

「そんなの、場合によるよ。私にとって今変わらなきゃいつ変わるんだ、くらいの出来事だったからね。真由ちゃんと同じだよ」

礼奈は軽い調子で言ってから、続けた。

「やっぱり悠太くん、真由ちゃんと二日間付き合ってあげて？」

「えっどうしてそうなった？」

突然戻った話についていけずにいると、礼奈はくすりと笑った。

「私ね、賭けることにした。私こう見えて、自分の立ち位置は理解してるんだ。悠太くんにとって、今の私がどれくらいの存在なのか、多分把握できてる」

「なんだよそれ、怖《こえ》えよ」

「こ、怖いかな。それはちょっと、なんか傷付くかも」

礼奈は眉を八の字にして、しょぼんと俯《うつむ》く。

俺は慌てて首を横に振った。

「ご、ごめんごめん、違う。今のは恥ずかしさを誤魔化しただけだ」

照れ隠ししていたのを教えるなんて、それこそ最も恥ずかしいことなのだが、今はそうも言っていられない。俺が誤解を解こうと更に言葉を重ねようとすると、礼奈は顔を上げた。それはもう、素敵な笑顔で。

「うん、分かってる。ごめんね、からかいたくなっちゃって」

「……こ、小悪魔みたいなことしやがって。どこで覚えたんだよ」

「真由ちゃんならこういう言動しそうだなって」

——確かにしそうではある。というより、全く同じようなやり取りをしていた確信がある。

「そういうのって、やっぱ狙ってできるもんなんだな」

「当たり前じゃん、女の子にとってこんなの普通のコミュニケーションの範疇《はんちゅう》だもん。二人きりの時じゃないと、後が怖いけど」

「後が怖い？」

「同性がいたら、あざといとか陰口言われそう。このご時世、サバサバ系の方が世間体良いし」

「加えて、望んでなくても男に惚《ほ》れられるしな」

礼奈の言葉に、俺はそう付け足した。

男なら今しがたの言動で、好意を寄せられていると勘違いしてもおかしくない。

冷静に俯瞰《ふかん》してみれば違うと分かることも、当事者になれば〝この言動は自分に対して恋愛感情があるから見せているのではないか〟という、都合の良い解釈をしてしまう。

小悪魔のような言動は、女子本人にはそのつもりがなくても男は胸が高鳴ってしまうものなのだ。言動の主が志乃原や礼奈のような女子なら、尚更《なおさら》のこと。

だが仮に小悪魔のような言動をしている自覚が本人にない場合、その勘違いがどういう結末を生むかは大体分かる。

「真由ちゃんも、色々苦労したみたい」

「何か聞いたのか？」

「断片だけね。あんまり詳しくは聞かなかった」

「まあ、そうだろうな」

志乃原は、あまり俺に過去の話をしたがらない。かつては俺も過去の話なんてしなかったし、志乃原が昔の話をしないことに対して特に何も思っていなかった。話したい時がくれば話せばいい。気が向かなければずっと話さなくてもいいと、そう考えていた。

だが、今はもう少し志乃原を知りたいと思う。

あいつは信頼されることに喜びを感じていると言っていたが、俺の知りたいという気持ちの根底にあるものも、概《おおむ》ねそんなところだ。

俺は、志乃原という人間を純粋に、もっと知りたいと思う。

俺が知っているのは今の志乃原で、過去のことは関係ない。しかし、現在の志乃原を形成しているのもまた過去の志乃原なのだ。今の志乃原が人として好きだからこそ、過去も知りたくなる。

疎ましく思われるのは避けたいので口には出さないが、これが俺の正直な気持ちだった。

「これは私からのお願いとしても聞いてほしい。真由ちゃんのお願い、聞いてあげて？」

「あんなの冗談の範疇だと思うんだけどな。それを——」

「もうっ」

礼奈が俺の頬《ほお》を軽くつねった。

全く痛くない代わりに、艶のある指先の感触が僅かに伝わってくる。

「むがっ」

「分かった？」

……他の女と仮交際しろだなんて、こんな素敵な笑顔で言えるフレーズなのだろうか。

こちらを窺《うかが》うような上目遣いをしていながら、声色は俺が頷《うなず》くことを確信しているようだ。

「……いいのかよ」

「私がお願いしてるんだもん」

仮交際への答えがどちらに転ぼうが、志乃原は俺の家にやって来る。その際にはっきり断ろうと思っていた。

志乃原もはっきり言われたら、そういったギリギリの境界線は決して越えてこない性格だ。俺との距離感を理解しているからこそ、こうして不思議な関係が成り立っているのだから。

「悠太くん、私がお願いしてるの」

「分かった、分かったよ」

根負けして、俺は両手を挙げた。

倫理観の欠如が著しい、仮交際という提案。それでも、誰かに言いふらす訳ではない。

短期間であれば、特段困るようなことは起きないだろう。

「で、礼奈は何に賭けるんだ」

俺が質問すると、礼奈は側道にあるゴミ箱へと向かい紙を捨てた。俺もそれに倣ってゴミ箱についていく。

「内緒っ」

後ろ姿から聞こえる、礼奈の答え。

明るい声色の中に、違う感情が入り混じっている気がした。

第6話 葉桜

「……マジか」

礼奈《れいな》から、志乃原《しのはら》との仮交際を後押しされた二日後のこと。

俺は体温計を眺めながら、溜息《ためいき》とともに呟《つぶや》いた。

——38・2度。

身体《からだ》の気怠《けだる》さからも、体調を崩しているのは明らかだ。

そのことを自覚した途端、先程よりも数倍しんどい気持ちに襲われる。

珍しくアラームが鳴る前に目覚めた瞬間から、嫌な予感はしていた。昨夜はオンデマンドで今話題のアニメをひたすら観《み》続けて、就寝したのは深夜の三時。

それなのに朝七時に目覚めるのは、普段から多くの睡眠時間を欲する俺にとって珍しいことだった。

フラつく身体を何とか垂直に保ちながら、俺は一旦ベッドから立ち上がる。

　時刻は七時二十分。今日の講義は二限目からなので、家から出るまではまだ二時間ほど猶予がある。

「……いやいや、普通は寝るだろ、無理だろこれは……」

　自分の思考に弱々しくつっこんでから、俺はベッドに倒れ込んだ。

　今日は初回の講義が三つ予定されているが、全て出席できそうにない。それどころかこの熱だと、明日も大学に行けるか怪しいところだ。

　幸い、春休みが終わった初週から出席点を取る講義は少ない。まだ学生の履修登録期間も終わっていないのがその理由だ。

　とはいえ、ノートを取れなくなることには変わりない。

　三年生に進級し、なるべく出席しようと思った矢先の体調不良。

　ついていないなと思いながら、俺はスマホに指を走らせた。送信先は彩華《あやか》だ。

『悪い、熱出た。ノート取ってくださいお願いします』

　……信じてもらえるだろうか。

　文面だけだと、今までのようにただ二度寝したいだけだと思われても不思議ではない。

　日頃の行いのツケだが、今日だけは何とか信じてもらいたい。

　俺はスマホを枕の横に置くと、ゆっくりと布団に潜る。

熱を自覚してから横になると、重力が何倍にもなったかのような錯覚に陥ってしまう。
一人暮らしは利点が沢山あって性にも合っている。
だが、体調を崩した時は別だ。
「くそしんどい……くそ」
口から漏れ出た言葉が耳に届く。嗄《か》れた声は、自分のものじゃないみたいだった。
──春に体調を崩すなんて、初めてかもしれないな。
ボーッとした頭でそう考えてから、俺は簡単に意識を手放した。

◇◆

目が覚めると、身体の怠さに加えて頭痛が始まっていた。
そこまで酷《ひど》いものではなかったが、辛《つら》さが増したことには変わりない。
カラカラに渇いた喉を潤すために、俺はゆっくりと上体を起こす。
体力的にはもう一度横になりたいが、熱を出した病人にとって水分補給は死活問題だ。
俺はのろのろと冷蔵庫へ向かって、やっとのことで扉を開ける。
「……マジかよ……」

冷蔵庫には、二リットル容量のペットボトルが一本。だがそこに入っている水は、せいぜい二、三口分しか残っていない。

奥に置いてある缶ビールが数本見えたが、この体調で飲酒など論外だ。

水道水を飲めば済む話なのだが、冷水を飲むには沸騰させたり冷やしたりと手間が掛かる。

だからといって最寄りのコンビニへ買いに行くのは、体調を考慮するとかなり厳しい。

……結局水道水をそのまま飲むのが、一番楽だ。

衛生的に心配だと今まで何となく避けてきたが、この体調で悠長なことは言っていられない。

コップに水を注ぎ、口に運ぶ。

温《ぬる》い水に喉を鳴らしていくと、恐れていたほどの不味《まず》さは感じなかった。

やはり冷水を飲んだ時の心地に比べれば遥《はる》か下の感想を抱かずにはいられないが、それは贅沢《ぜいたく》な話だろう。

冷凍庫の中には、買い溜めをしていないせいで食品は殆《ほとん》ど入っていなかった。この分だと夕方には外へ出て買い出《だ》しに行かなければならないが、この体調では些《いささ》か億劫《おっくう》なことだ。

——そんなことを考えていた時だった。

ピンポーン。

インターホンの音に反応し、俺は玄関に視線を向ける。

今日は志乃原がサロンモデルの仕事があると言っていた日なので、あの小悪魔後輩が来たという線は薄い。

だからといって、宅配を頼んだ覚えもない。

これで何かのセールスマンだったらどうしてくれようかと思いながら、俺は玄関に足を運ぶ。

弱った力でドアを開くと、俺はギョッと退いた。

「おはよ。随分な反応じゃない」

——眼前に立っていたのは、親友の彩華。

彩華は俺の挙動に、顔を顰《しか》めて不満げにしている。

「なんでここに」

「熱出たって言ったのはあんたでしょ？」

彩華はそう言って、肘に掛けたスーパーの袋を見せてきた。

中には少しの食材や、ゼリー、水などが入っている。

「中に入れてくれる？　これ、意外と重いの」

「あ、ああ。いやちょっと待て、汚いかも――」

俺はそう言ってから、踵《きびす》を返す。

彩華を家に入れたことなど数回程度しか記憶にない。

その数回も玄関先までだったり、部屋に入る時は事前に約束していたりと、まだ綺麗《きれい》な部屋しか見せたことがないのだ。

最近は掃除が行き届いているはずだが、綺麗な部屋で見栄《みえ》を張りたいという気持ちが残っていたので、念のため視線を巡らせて確認する。

「へえ、綺麗にしてるのね」

「うおあ!?」

真後ろから声がして、俺は身体をくの字に曲げた。

瞬間、貧血かなにかで頭が揺れた。片足がもつれて、いつもより弱っている身体が簡単に傾く。

「ちょっと!!」

彩華が俺の転倒を防ごうと、首の後ろを腕で支えようとしてくれた。

だが、男と女だ。

体重差により、結局二人ともベッドに倒れた。

俺が下で、彩華が上。

白い首筋が、目と鼻の先にある。

「ねえ。これ普通逆じゃない？」

「……だよな。俺も今そう思った」

傍《はた》から見れば押し倒されているような絵面に、俺は口元をひくつかせる。

目と鼻の先にある彩華の顔も、こんなにも至近距離で眺めることは殆どない。

長い睫毛《まつげ》がしっとりと濡《ぬ》れているような錯覚を覚えて、ドキリとする。

「見過ぎよ」

そう呟くと、彩華は俺から離れて立ち上がった。離れ際、スウェットからチラリと胸元が覗《のぞ》き、思わず瞼《まぶた》をギュッと閉じる。

「あっ、ごめん。見えた？」

暗闇の中で、彩華の訊《き》く声が聞こえる。偶発的ということもあり、その声色に怒気は全く孕《はら》んでいない。

「あ、あんな近い距離で見るなっていうのが無理な話だ」

「ブラくらいでなに動揺してんのよ」

「お前のブラで全く動揺しない男を今すぐここに呼んでこい」

「……旅館でもっとすごいもの見たくせに」

その言葉で、俺は瞼をこじ開ける。

「見てねえわ!!」

瀕死《ひんし》状態の俺から放たれた抗議に、彩華は面白そうに口元を緩めた。

「そうね、だから私は安心してラフな格好のままこの場所に来れるわけだし。反論できるくらいの元気は残ってたみたいで安心したわ」

どうやら今のは、俺の元気の度合いを測るための発言だったらしい。

俺は一気に身体の力を抜いて、枕に頭を預ける。

「病人を試すなっての……」

「ごめんごめん。埋め合わせはすぐにしてあげるから」

彩華はあっさりと謝罪すると、キッチンへと向かう。

吊《つ》り棚を開けて、中身を覗き見る。

後ろ姿だけでも、彩華のスタイルの良さは伝わってきた。だが今は体調が悪いということもあり、温泉旅行の時のような雑念は降ってこない。

それよりも、心身が弱った状況下に彩華がいるという安堵《あんど》感《かん》の方が強い。

家に招く機会は殆どなかったのに、そうした感情を抱くのは今までの積み重ねがあるからに他ならない。

「……来てくれてありがとう」

俺がポツリと呟《つぶや》くと、彩華がくるりと振り返った。

後ろ髪をヘアゴムで束ねながら、小さく笑う。

「最初からそう言いなさい」

……確かにな。

人の顔を見た第一声が「なんでここに」じゃ、不満な顔をされるのは当然だ。

彩華が料理してくれている音を聞きながら、俺は静かに目を閉じた。

◇◆

お粥《かゆ》の匂いが鼻腔《びこう》をくすぐり、俺は目を開けた。

脳内を直接チクチクと刺されるような痛みに顔を顰めながら、上体を起こす。

「ん、起きた？」

彩華の静かな声色がベッドの傍らから聞こえてきて、俺は視線を落とした。

「どれくらい寝てたんだ、俺」

「二十分くらいよ。逆によく起きられたわね、体調悪いでしょうに」

ベッドにもたれて座っていた彩華は、こちらを見ないまま答える。

両手には本棚から引っ張り出してきたであろう漫画があり、俺が起きるまで読んでいたようだ。

それにしても、俺はいつ眠りについたのか全く覚えていない。

彩華がキッチンに立つのを見届けたのとほぼ同時に寝落ちしてしまっていたらしい。

自宅で彩華にご飯を作ってもらうことなど、知り合ってから初めての経験だ。それなのにいつものように寝てしまったのは、体調不良だからか、それとも安心感からか。それとも——

「じゃ、私行くわね」

「え？」

間抜けな声を出して、腰を上げる彩華を目で追った。

振り向いた彩華は、俺の顔を見て小首を傾《かし》げる。

「なによ、変な顔」

「いや……いや、別に」

一瞬だけ脳裏に過《よぎ》った考えを振り払おうと、俺はかぶりを振る。

「私、今友達にノート取ってもらってるの。もう間に合わないけど、この時間に出れば昼休みには合流できるから」

「おう、ごめんな。来てくれてありがとう」

俺は「助かった」と両手を合わせてみせる。

買い出しをしてくれるだけでも大助かりなのに、食べやすいご飯を作ってくれたとなると大きな借りだ。

俺が不用意な発言をしてしまいそうになった自分に言い聞かせていると、彩華は眉を下げた。

「……寂しそうな顔しちゃって」

「ぐっ」

……一人暮らしの体調不良は、何よりも先にメンタルがやられてしまう。いつもは一人が至高の空間だと宣《のたま》うくせに、こんな時だけ辛《つら》くなる。情けない話だが、彩華の言う通りだった。

「せめてご飯食べるまでは一緒にいてあげる。丁度訊きたいこともあったしね」

彩華は小さく息を吐くと、ローテーブルの前にクッションを置き、ゆっくりと腰を下ろした。

心の内を見透かされた気恥ずかしさで、顔が紅潮するのを感じる。回復した時にからかわれるのは必至だ。

「体調悪いと、どうしてもな」

言い訳がましく言うと、彩華は意外にも優しい声色で返した。

「別に、恥ずかしいことじゃないわよ。風邪引くと、私でもそうなるもの」

「彩華でも？」

「まあね。何も考えずに読める漫画とかで、気持ちを紛らわせるけど」

彩華はそう言ってから、ローテーブルをトントンと指で叩《たた》いた。細長い指の先にはお粥が置いてあり、湯気がちろちろと揺れている。

冷めないうちに食べて、と言いたいのだろう。

俺はローテーブルを挟んだ彩華の正面に移動し、腰を下ろした。

「どうぞ、召し上がれ」

「まじ、ほんと感謝……いただきます」

俺が頭を下げながら挨拶して、スプーンでお粥をすくい上げる。さらさらとスプーンから溢《こぼ》れる米粒が、いつも食べているご飯とまるで違った輝きを放っている。

「俺お米とか炊いてなかったけど、レンジでチンするご飯で作ったのか？」

「体調不良のあんたがお米を炊いてるとは思えなかったから、家からタッパーに詰め込んで持ってきたのよ」

彩華はこともなげにそう言って、両膝をローテーブルにつけた。

ジーっと観察されているように思えて、どうにも食べづらい。

「……早く食べてよ」

「……何か入れた？」

俺が訊くと、彩華は目をぱちくりとさせてから吹き出した。

「ばか、病人にそんなことしないわよ」

「だ、だよな。それじゃ——」

お粥を口に運ぶと、すぐに胸の奥深くから幸福感が湧き上がってきた。風邪で鈍った味覚でもはっきり伝わる、絶妙な塩加減。汗で失った塩分が補給されていくのが身にしみて分かる。

「うっま……」

俺はスプーンを一旦置いて、声を漏らした。

それを聞いた彩華は「そう」と頷《うなず》き、言葉を続ける。

「良かった。お粥なんて家族以外に初めて食べさせるから、ちょっと不安だったのよね」

「いや、まじうまい。体調が万全なら絶対おかわりしてる」

「体調が万全ならお粥なんて作らないわよ」

もっともな返答に思わず相好を崩す。

体調不良になったことは不本意極まりないのだが、こうした状況を生み出すのならば報われた気持ちも出てきた。

大学内にいるであろう彩華を好いている人からすれば、お粥を作ってもらえると分かっていたら風邪を引きたがるかもしれない。

那月《なつき》の「周りに恵まれている」という言葉は、今になって更に実感するものとなっている。

大学生活を送る上で、俺は何かに秀でている一面など皆無だ。バスケくらいはまともにこなせるかもしれないが、それも強豪と言われるうちのバスケ部と比較すれば霞《かす》んでしまう。

彩華との仲は今までの積み重ねで、過去の出来事が俺たちの仲を形成しているのは疑いようもない。

だが彩華は過去の出来事があるからという理由だけで、家を訪ねてくれるほどお人好《ひとよ》しではない。

今も仲が良いからこそ、こうして看病に来てくれている。

その事実がまたどうしようもなく俺を安心させて、甘えてしまうのだ。

お粥からチラリと彩華に視線を移すと、彩華はまた漫画に戻っていた。

志乃原も全く同じ漫画に惹《ひ》かれていたのを思い出す。

最近話題沸騰中ということもあり、惹きつける人を選ばないのだろう。

数秒後、彩華は俺の視線に気付いて目を瞬かせた。

「食べ終わった？」

「ご馳走《ちそう》さまでした」

俺は深く頭を下げる。

お粥にはほうれん草や卵が理想的な塩梅《あんばい》で入っており、食べただけでいくらか回復しそうな気持ちになった。

これは回復した後に、お礼が高くつきそうだ。

「いいえ。お返しは、そうねえ」

彩華は部屋をくるりと見渡す。

そらきた。

高いランチか、はたまたいつかのバイキングか。それとも部屋を見渡しているということは……

「教えてくれない？　この家、頻繁に誰か来てるでしょ」

──ワンルームに、沈黙が降りた。

時計の針の進む音が、やたらと大きく聞こえる。

俺は思わず数回目を瞬かせて、おうむ返しをした。

「誰か？」

彩華はそんな俺に軽く頷いてみせた後、空になった食器をキッチンに持っていく。

シンクの中から、流水の音が響き始めた。

「あんたが家事できないことくらい、私は知ってる」

ぎゅっと握り締めたスポンジで皿を洗いながら、彩華は言った。

「皿洗いくらいは俺にやらせてくれ」

立ち上がると、彩華は即座に「いい」と断る。

いつもより僅かに鋭い声色だ。

「座ってて。これくらいはしてあげるから」

「でも──」

「病人のあんたに手伝わせるのは、私にとって恥よ。座ってて」

……そこまで言われると、座るしかなくなる。

俺は渋々キッチンの近くに腰を下ろして、彩華の横顔を眺めた。

彩華は真剣な眼差《まなざ》しで手際良く皿の汚れを洗い流している。彩華自身も言葉をどう繋《つな》いでいくか逡巡《しゅんじゅん》しているらしく、暫《しばら》く無言の時間が続く。

彩華がこれから何について言及するのかは分かる。だがそこで返すべき言葉は思い付かない。いつもより鈍った頭が、考えるだけ無駄だと言っている。

自室に響く流水の音はやがて途切れ途切れになっていき、数分後に止《や》んだ。

「……ありがとう」

俺のお礼に、彩華はチラリとこちらへ視線を流した後、「どこに座ってんのよ」と苦笑いをした。

それから一旦キッチンを離れて、ベッドの傍《そば》へと歩き出す。

俺はその後ろ姿に向けて、言葉を放った。

「さすがに、寛《くつろ》ぐのは申し訳ないだろ」

「普段ならそれもいいかもしれないけど。ほんとにいいのよ、熱あるんでしょ？」

「あるけども」

そう答えると、彩華は「ほら」と反応した。

ベッドの傍《かたわ》らに転がっているクッションを拾い上げ、投げ渡される。

伸ばした両腕が、柔らかい感触に包まれる。

「さんきゅ」

「いいえ。それで、さっきの話の続きだけどね」

再度キッチン前に立った彩華は、皿に付着した水滴を拭き取っていき、膝下にある棚を開いた。

――そこには、綺麗《きれい》に整頓された皿が並んでいる。

整頓しやすいように小洒落《こじゃれ》た器具に収まっているが、我ながら自分のものだと主張するのは些《いささ》か無理があると感じた。

もはやキッチン周りは志乃原の領域となっており、棚の中などは俺の見知らぬ器具さえ入っている。

「これ、絶対あんたのじゃないもの」

「それは……」

正直、弁解の言葉は浮かばない。

むしろ、ここで素直に話した方が良いとすら思ってしまう。

彩華と志乃原の間柄は良好ではないことから、多少気を遣うべきかもしれないが、見え透いた嘘《うそ》を並べる方が悪手な気もする。それに巧《うま》く嘘を吐《つ》けたとしても、彩華には通じないだろう。

無論今の体調で、そんな巧妙な言葉を連ねていく自信は毛頭ないのだが。

「お母さんのもの、でいいわよ。他にも私が腑《ふ》に落ちる答えなら、何でも」

髪ゴムを外して、いつもの髪型に戻った彩華が俺に近付いてくる。

「ほら、どうぞ」

彩華はじっとこちらを見据える。長い睫毛《まつげ》の一本一本が、目を凝らせば視認できてしまいそうな距離だ。

俺は僅かに上体を後ろに反らして、彩華から視線を外す。

志乃原が俺の家に入り浸っている事実を、彼女はどう思うだろうか。

俺と彩華は付き合っている訳ではないので、そこに後ろめたさを覚える必要はないのかもしれない。

互いのコミュニティに口出しするような関係ではないかもしれない。

だが、感情論で考えるのなら彩華が良い気持ちにならないことは確かだ。

それが分かった上で、本当の答えを言ってしまっていいものなのか。

「言えないの？」

彩華が静かに問い掛ける。その表情は、いつの日にか見たような気がした。確かあれは、青い春。放課後の教室で何度も過ごした、二人きりのあの空間。何も取り繕わないからこそ、俺たちは深い関係になったのだ。

——正直に言うか。

俺は意を決した。

これがお粥《かゆ》の対価というのであれば、彩華だって正直な答えを望んでいるはずだ。

「えっとな——」

俺が息を吸うと、不意に彩華の手が伸びてきた。

華奢《きゃしゃ》な指で、自分の頬《ほお》が摘《つま》まれる。

「ねえ。嘘吐いても良いのよ？」

「え？」

「言ったでしょ。もっともらしい理由があったらそれで良いって」

「そ、それじゃ意味ないだろ」

「あるわよ。私が納得できる」

彩華の瞳に俺をからかう色はない。

今しがたの彩華の言葉は、俺に嘘の答えを望んでいると捉えられる。

……意外だった。

何も取り繕わなかったから、俺たちはここまで来ることができた。ありのままの彩華を受け入れて、ありのままの俺を受け入れてくれたから、今の俺たちが在る。

だが、嘘を吐いてもいいと彩華は言った。

それ程、志乃原がこの家にいるということは受け入れ難《にく》いことなのか。――それとも。

俺たちが、ありのままを受け入れ合っていることは間違いない。だがお互いの全てを知っている訳ではないこともまた事実。

知らない部分は、知らないままでいい。いつかの俺は、そんな結論を出していたはずだ。

いずれ彩華の口から語られるのを待つと、そう本人にも伝えたはずだ。

それは、心地いい関係の現状維持を意味する。温泉旅行においても、俺は同様の答えを選んだ。

二度選んだ、現状維持という答え。

だからこそ、彩華も俺の知らない部分を知ろうとしないのかもしれない。

傍《はた》から見たら、歪《いびつ》な関係。あくまで、他人からはそう思われるという自覚はあった。

当人である俺たちが理解していれば、それでいい。

……そう考えていた。

だが俺たちの関係は、かつての自分が思っていたよりも——

「ねえ」

ハッとして顔を上げると、彩華が怪訝《けげん》な表情を浮かべていた。自身の額に汗が滲《にじ》んでいるのを自覚する。

今しがた巡っていた思考には、結論を出してはいけない気がした。

「大丈夫？」

そう言って、彩華は袖で汗を拭ってくれる。

袖の縁から溢《あふ》れた汗が目尻に入り、反射的に目を閉じる。

そんな俺の様子に、彩華は少しだけ笑ってから、再度問い掛けた。

「答え聞かせて」

本当に嘘を聞きたいのなら、こうして改まって場を設けて質問したのは逆効果だ。

こんな雰囲気の中、ましてや彩華の前で、巧い嘘を吐けるほど俺は器用な人間じゃない。

それでも、彩華本人が望むのなら仕方ない。

嘘を吐こうものなら、些か不自然なやり取りになってしまうことは必至だ。

「親が……たまに様子見に来るんだよ。整ってるのは、多分そのおかげだ」

「そう、良い親御さんね」

俺のあからさまな嘘に、彩華は短く答えてから腰を上げた。

「じゃ、私行くね」

「ほんとにそれでいいのかよ」

「……さあね。まあ今日はこのくらいにしてあげ、よっと！」

「ぶっ」

彩華が拾い上げた二つ目のクッションが飛んできて、顔面でキャッチする。

不意打ちとはいえ、避《よ》けられるスピードではなかった。

「病人ってさっきお前が言ったんだろ！」

「あはは、その元気があればすぐに回復しそうじゃない」

彩華はそう言いながら、ブラウンのスプリングコートを羽織る。

俺はゆっくりと腰を上げて、玄関へ向かう彩華について行く。

「寝てなさいよ。病人なんだから」

「どの口が言ってんだよ」

「この口よ、この口。色んな人を惑わせる唇よ」

「わーすげー」

「よし決めた、元気になったらぶん殴る」

俺の棒読みに、彩華は拳をドアに軽く打ちつけた。有言実行しそうなところが彩華らしい。

「……へえ。来る時は気付かなかったけど、ここって桜が見えるのね」

玄関から出た彩華は、眼前に広がる景観を見て口を開いた。

アパートの通路から数メートル先には、桜の木が数本立ち並んでいる。

満開の時は、花にさほど興味がない俺でも気分が高揚してしまうくらいに綺麗な景観になる。

だが今は緑葉が混じり、桜も既に散り始めていた。

「満開の時に来ればよかった」

「その時は、俺元気だったぜ」

「それもそうね」

彩華は小さく笑ってから、俺の額を指ではじいた。

コツンという音が鳴り、はじかれた部位が熱くなる。

「いてえな」

「ふふ。なんかその顔が無性に見たくなった」

「なんだそれ」

俺が呆《あき》れたような声を出すと、彩華はおもむろに歩き出す。

「ありがとな、来てくれて」

後ろから声を掛けると、彩華はくるりと振り返る。

そして「お大事にね」と言い残し、彩華はこのアパートを後にした。

俺は少しずつ遠のいていく彩華の後ろ姿を見つめながら、服の袖をギュッと掴む。

——これでいい。今は、これで。

友達という垣根を越えた先の景色、それが今の親友という関係だとしたら。

親友という垣根を越えた先の景色があるのもまた、自明の理。

だがその垣根を越えることが、今の関係をより良くするものとは限らない。そんな保証はどこにもなく、誰も保証してくれない。

だからこそ、俺は堂々巡りの思考を繰り返す。

親友という垣根を越えた先にいる彩華は、いつもと同じように笑ってくれるのだろうか。

今と同じように、俺の傍《そば》で。

春にしては肌寒い風が身体《からだ》を叩《たた》き、俺はすぐに自室へ戻る。

一人になった部屋は、いつにも増して寂しげに思えた。

第7話　洋館デート

ピンピンピンッ

仮交際の話が挙がった翌週のお昼時。

インターホンが連打されて、コールが鳴り切る前に受話器を手に取る。

案の定、モニターには志乃原《しのはら》の姿が映し出された。

小悪魔後輩は、ボタンを押しても音が鳴らなくなったことで怪訝な表情を浮かべている。

「なんだおい」

志乃原は俺の乱雑な言い方に反応して、頬を膨らませた。

『先輩っお口悪い！』

「ごめん。ばいばい」

『あっ、ちょっ――』

何か言おうとした志乃原に構わず、俺は通話ボタンを切る。

すると再びインターホンが鳴り、モニターが明るくなった。

今度は画面一杯に、雪豹《ゆきひょう》のキーホルダーが付いている鍵が映っている。

『先輩、私今鍵持ってるんですけど』

いつでも開錠できる、ということを言いたいのだろう。

俺は息を吐いて、平たい声を出した。

「お前、それ割とギリギリのラインだぞ」

『分かってますよ、だから脅すだけに留《とど》めてるんじゃないですか』

「脅してる自覚あんのかよ！　……てか、俺今から飯食うんだよな。お前の分はないんだけど大丈夫か？」

『ひとまず中に入れてくれませんかね！』

「えー」

『先輩、今日の手土産はＧＯＤＩＶＡのチョコレートです』

「そうか、開けていいぞ」

悲しいかな、一人暮らしの俺は高級チョコの魅力に抗《あらが》えない。

鍵が開く音が聞こえて、志乃原の軽快な声が入ってくる。

「先輩ー、お邪魔していいですか？」

「GODIVA！」

「オッケーでーす」

俺が適当な返事をするのと、玄関のドアが閉まるのは同時だった。

やがて姿を現した志乃原は、薄ピンクのニットに、珍しくピンクゴールドのイヤリングをつけている。

少しばかりドキリとしてしまうのは、男は揺れるものを目で追ってしまうという本能的な習性のせいだ。

「はいっ先輩、今週もお邪魔します」

そう言って、志乃原は高級感のあるショッパーを俺に渡してきた。中には本当にGODIVAのチョコレートが入っていて、俺は「うおー！」と感嘆の声を上げる。

男子大学生の一人暮らしに、高級チョコなど無縁の存在に近い。

生活費を差し引いて残った自由に使用できるお金は、大抵つまらないものに変えていく。

礼奈《れいな》と付き合う前は、ソシャゲの課金に変えていき、その殆《ほとん》どが藻屑《もくず》に成り果てた。あの時のお金が今あればもっと色んなことができるのだが、それは嘆いても仕方ない話。

今問題なのは、俺がこのチョコレートですっかり飼い慣らされてしまったという情けない事実だけだ。

「でも嬉《うれ》しいものは仕方ないな！」

「これで先輩のご機嫌が一週間保《も》つんだから、安いものです」

「俺って思《おも》う壺《つぼ》だなー」

たまにこうして嬉しい手土産を持ってくるのが、志乃原の賢《さか》しいところだ。余程眠たい時ではない限り、家に入ってくることを許してしまう。

「先輩、土曜日ですけどバイトとかはないんですか？」

「今日はねえな。ゆっくりＧＯＤＩＶＡることにするわ」

「そんな動詞はありません……」

志乃原は若干呆れたような声色で返事をしてから、続けた。

「それで先輩、考えてくれましたか？　仮交際の件」

「ああ、いいぞ」

「ですよねー、私も家に帰ってからよくよく考えてみたらかなり無茶《むちゃ》振りしてしまったなと反省しまして。先輩の気持ちを蔑《ないがし》ろに――」

「いいぞ」

「ないが、蔑ろに……えっ？」

志乃原は暫《しばら》く目を瞬かせた後、腕をバタバタとさせた。

「早く言ってくださいよ、変な負け惜しみツラツラ並べちゃったじゃないですか！」

「ずっと言ってたわ！」

礼奈から二度も頼まれたのだ。最後まで迷いはあったが、受けてしまったのだから仕方ない。

だが当人である志乃原は俺に断られることを予想しており、かつ納得していた様子だったので、もしかすると今仮交際を受けたのは間違った選択だったかもしれない。

断ることで事態が丸く収まるのなら、それが一番だったというのに。

「やっぱりな——」

「やっぱりなしは、なしですよ。もう言質取りましたので」

「俺の人権どこいっちゃったの？」

「口は災いの元ですからね！……誰が災いですか！」

「一人でつっこんでんじゃねえよ！」

俺が声を上げると、志乃原はケラケラと笑う。

「じゃあ、決定っていうことでいいですね。私、先輩と確かめたいこと沢山あったんですよ」

「なんだよ、確かめたいことって」

俺は訊《き》きながら、志乃原の答えを何となく察していた。

同時に、仮交際の期間は相当疲労しそうだなと感じてしまう。

「それはですね――」

志乃原はそう言ってから、腰を下ろす。その際、胸元がチラリと見えた。春服ということもあって黒のキャミソールらしきものが視界に入り、思わず目を逸《そ》らす。

これは決してラッキーではない。なぜなら――

「先輩、今日は見ちゃってもいいんですよ。だって私、今は彼女なんですから！」

「うっせえ近寄んな」

「言葉の暴力！」

このチラ見せは全て計算されているファッション。

視界に入るのが前提の下着であることから、志乃原自身は羞恥心を抱いていないはず。男子が好きなのはあくまで本物の下着で、見えたら怒られてしまうようなものだ。

「本物の下着に謝ってくれないかな」

「それはちょっとよく分かんないですけど。いいじゃないですか、私もここに着くまではしっかりカーディガン羽織ってたんですから」

「え、それ見せ下着だろ？」

俺は視線をタブレットに釘付《くぎづ》けにしながら、訊き返す。タブレットには先程まで視聴していた格闘技の試合が無音で流れていた。

「先輩への見せ下着ですよ、誰彼構わず見せる訳じゃないです。まあ本物はその下にしっかりありますけど……そっちも見ます？」

「追い出すぞ」

「ですよねー」

俺の返事が予想通りだったらしく、懐かしむように目を細めた。

「いつの日か、一夜を共にした時も同じこと言ってましたよね」

「間違ってないけど、なんかその言い方は語弊があるな」

志乃原が初めてこの家に泊まったのは、一月の下旬頃。礼奈から『浮気してないから』という電話があった日の夜ということは、今でも鮮明に想起できる。

あの頃とは身を取り巻く状況が大きく変わっている。

俺の、志乃原に対する感情も変化している。

「私と先輩、知り合ってからもう半年くらいじゃないですか？」

「ああ、サンタコスのあれな」

そう言って、俺は口角を上げる。

少々からかってやろうという心持ちだったが、志乃原は予想に反してドヤ顔をしてみせた。

「あれすごい似合ってましたよね。普通の人ならあんなにサマにならないと思うんですよ」

「そういやそういうやつだったなお前……」

「な、なんか失礼！」

志乃原は不満そうな表情を浮かべる。

俺は「悪い悪い」と二言詫《わ》びて、息を吐いた。

「要するに、気を遣わない仲の人と、一度恋人らしいことしたいってことね」

「そうです。遊動《ゆうどう》先輩の時と違って、今回は先輩も了承済みですから。変に拗《こじ》れることもないかなと！」

「拗れなくてもな、まともな神経してたら仮交際なんてしないんだよ」

仮交際というワード自体を漫画などで耳にする機会はあれど、まともな大学生活を送っていれば実際にしている人など目にすることはない。互いの両親の関係で仮交際をしなければいけなくなるという状況は漫画などでよく目にするが、そんなことは現実でそうそう起こり得ないだろう。

少なくとも俺のような一般人には縁遠い話であることは間違いない。

「まともな神経してても仮交際する人もいるかもですよ？」

「どこにいるんだよ。俺らもう限りなく大人に近いんだぞ」

漫画などで仮交際という概念がある舞台の殆どは、中学か高校だ。それは中高生という自己決定力に欠ける年齢だからこそ仮交際という曖昧な関係が成り立つのであって、何事も自分で決めなければいけない年齢になった俺たちには明らかに不向きだ。

中高生のそれと違い、大学生の仮交際から連想されるものは爛《ただ》れた関係だろう。

その思考をまるっきり言葉にして伝えると、志乃原はあっけらかんと笑った。

「むしろ自己決定力が上がった結果が仮交際ですって」

「なんでだよ。その心は」

自分なりの主張を笑い飛ばされたことで若干ムキになりながら訊く。志乃原はそんな俺に全く動じず、人差し指をピンと上げた。

「婚活してる人は、お見合いの時複数人と仮交際するなんて当たり前じゃないですか。その中に良い人が何人もいたとしても、最後には一人に決めなきゃいけないんですよ。ある意味最もシビアな選択を迫られるのが仮交際じゃないですかね」

「……どこで得た知識？」

「…………恋愛番組」

　少しの沈黙。

　俺と志乃原は見つめ合い、次第に志乃原の視線が横に流れていく。

「俺ら学生だろ！」

「が、学生でも結婚できますよ！　いや、先輩と結婚したいとかじゃなく！」

　志乃原が無礼な内容で喚《わめ》く。そこは嘘《うそ》でもプラスの意見を言うべきなのではないのだろうか。いや、言われたら言われたで困ってしまうことも事実なのだが、どちらにしても釈然としない。

　予想より筋が通っていたので納得しそうになったが、俺たちが学生の身である以上、志乃原の言った状況には当て嵌《は》まらない。

「やっぱ大学生の仮交際なんて、だらしないんじゃね」

「先輩ー。お願いします、色々ちょっと、ほんとに」

　志乃原は手を合わせて、そろりとこちらに上目遣いをしてくる。あざとさマックスの表情に、軽くデコピンをする。

「ドメスティックバイオレンス……」

「え、これで？」

「訴えてほしくなかったら付き合ってください！」

「結局脅してんじゃねーか！」

そう返事しながら、俺はまた違和感を抱いていた。

やはり志乃原から、いつもと違う雰囲気を感じる。気のせいかもしれないが、本当に何かを伝えたいのかもしれない。

仮交際をしなければ伝えられないものなどちょっと想像は付かないが。

何にせよ普段通りではまだ打ち明けることは難しいというのは、僅かな寂しさもある。

「俺って年上らしいことしてるのかね」

ふと気になって質問してみると、志乃原はすぐに口角を上げた。

「はい、今でもたまにされてますよ。顔に出してないだけで、たまにドキッとしたりしてます」

「ほんとかよ」

「まあ、はい。その可能性も否めないかと」

「無理してフォローしないでいいぞ、逆に辛《つら》い」

下手なフォローは余計に人を傷付ける。それを体現するような歯切れの悪い返事に、俺はげんなりした。

「じゃあ、とりあえず一日だけな」

「一週間がいいでーす」

「無理！」

俺は迷わず首を横に振る。今の俺と志乃原でも、一週間連続で一緒に過ごしたことはない。志乃原は最低でも週に二、三日は家に来ないが、今以上の訪問頻度になればストレスになる可能性もある。

この現状がお互いにとって丁度よく、絶妙なバランスで保たれていると思っていた。

「一週間ずっと一緒は無理」

再度告げると、志乃原は「何度も言わなくても」と口を尖《とが》らせた。

——本当は、もう一つ理由があった。

今の俺には、志乃原に対して恋愛感情はない。普通の後輩に対する感情と異なっているのは確かだが、まだそれを言葉で形容することはできていない。

それでも、一週間という時間を密に過ごしてしまえば感情が変化するかもしれない。

普通の男なら、それが恋愛に発展しようがしまいが、どちらに転ぼうと構わないと思うかもしれない。むしろ志乃原のような後輩と交際するのは、男子にとっては間違いなく自慢できること。

だが俺にとって、そして今だけは、志乃原に恋愛感情を抱くのは尚早だと思わざるを得ない。

礼奈と再スタートを切ったばかりなのだ。

今回は礼奈本人からの要望があって仮交際という流れになってしまっただけで、本来ならあり得ない話だということは自覚している。

とんとん拍子で進んだ話だが、俺は無理矢理《むりやり》にでも拒否するべきだったのかもしれない。

今の環境は、俺の意見を尊重してくれる。だがこれに慣れてしまうと、また思考回路が無意識に自分本位へと変化していくかもしれない。

その変移が何らかの過ちに繋《つな》がってしまう気がして、俺は怖い。

「無理、無理、無理って。そんなに拒否するなら、何か代替案くださいよ。否定するだけなら誰でもできるんですからね」

「言ってることは間違ってないけど、俺一応頼まれてる立場なんだから怒られると困る」

「怒ってないです。無茶《むちゃ》言ってるだけです」

「自覚あるならやめろっつーの！」

「あははー」

志乃原は愉快そうに笑うと、何かを思い付いたらしく、手を鳴らした。軽快な音が、ワンルームに響く。

「じゃあ先輩、お試しのお試しっていうのはどうですか？」

「どういうこと？」

「今日一日デートしてですね、それでアリかなって思ったら仮交際期間を一週間に延ばしてください！」

「いいよ」

「そこだけあっさり⁉」

志乃原は今日一番驚いた様子で大きな声を出した。

俺が了承した理由は、選択権が俺に委ねられていたからだ。

たとえ今日が素晴らしい一日になったとしても、何かしらの理由で断ればいい話。

「言質取りましたからね」

「ああ、記憶の中でだろ」

「いや、録音しました」

志乃原がスマホを俺の眼前に掲げる。

マイクのマークが、画面一杯に表示されている。

「こ、この犯罪者が！」

「ふふ。先輩、画面をよく見てください」

その言葉で目を凝らして見ると、録音データが今日の日付で残されている様子はない。

俺はホッと胸を撫《な》で下ろす。

誰かに出回る可能性はないにしても、不意の発言がデータに残ることには多少の抵抗があった。

「ったく、驚かせんなよ。じゃあ録音云々《うんぬん》は全部冗談か」

「いや、ガチです。間に合わなかっただけです」

「そこは冗談って言え！」

録音しようとしていた事実には変わりないことに、俺は嘆息する。今日の調子だと一日きりだとしても心配になってしまう。

「先輩、恋愛において最初に大事になってくるのってなんだと思いますか」

「なんだいきなり。また恋愛番組の蘊蓄《うんちく》か？」

「ち、違いますよ！　いいから早くー！」

……図星だろうな。

志乃原の態度からそう思ったが、口には出さないでおく。

代わりに答えを当ててやろうと考えたが、思い浮かんだのは実にシビアな答えだった。

「顔か？」

「はい、あとお金ですかね。まあ何が言いたいかというと、私たちくらいの年齢から、大抵の恋愛には凡《あら》ゆるステータスが付き纏《まと》うということです」

「あー世知辛い」

何度も思っていたことだったが、大学生の恋愛は高校のそれとは少し形態が異なる。そして、社会人と大学生の恋愛には更に大きな隔たりがあると思う。

「でもやっぱり中身も同じくらい、それ以上に大事ですよね。確かめる順番がちょっと後回しになるだけで、性格が合わないと付き合うことなんてできません」

「てことは、元坂《もとさか》とは意外と相性悪くなかったのか？　少なくとも、最初の方は」

「ステータスは恋愛に疎くたって、ある程度の常識さえあれば誰にでも判断できます。難しいのは中身の判断で、そこに恋愛の経験値が必要なんです。先輩もここで私という経験値を貯《た》めて、今後に活《い》かせるという訳です。勿論《もちろん》私も」

「おーい」

「うるさい!!」

「急に!?」

俺はびっくりして素っ頓狂な声を上げる。

大方また恋愛番組のアンケート結果などから導き出した持論なのだろうが、恋愛観なんて人の数だけあるのだからあまり興味は湧かない。

少なくとも、大衆の意見が正しいかを確かめるために仮交際をするという話なら、気が進まない。そこに自分の時間は費やしたくないと感じる。

俺の時間なんて他人からみれば大した価値もないだろうが、俺にとっては何よりも優先するべきものだ。

だが同時に、志乃原自身の考えを確かめるためなら、協力してあげたい気持ちはあった。他でもない志乃原の頼みだ。

普段年上らしい一面を見せていない分、こうした突発的なことで取り返したい。

それに先程は流したが、志乃原の言う通り俺の経験値にもなり得る話かもしれない。

「なあ。お前自身は、恋愛に大切なものは何だと思うんだよ」

「えっ、私ですか」

志乃原は自分が質問されると予想していなかったようで、驚いた声を出した。

「さっきの話は恋愛番組の総括だろ。俺はお前の意見にしか興味ない。お前のためなら、仮交際も全然オッケーだから」

志乃原はポカンと口を開けて、俺のベッドから腰を上げた。

「……な、なんでそんな恥ずかしいことサラっと言うんですか！　変態！」

「変態じゃねえよ。で、答えは」

再度訊くと、志乃原は数秒俯《うつむ》いてから顔を上げた。

「……それが分からないので、先輩に頼ってるという訳で」

「あ、そうなの？」

俺があっさりと返事をすると、志乃原は目を瞬かせた。

「呆《あき》れないんですか？」

「別に。だってお前、最初からそうだっただろ」

恋愛経験が浅いことなんて、出逢《であ》った日のうちに把握している。

初めての彼氏を、「恋人っぽいことがしたいから」という理由一つで作り、挙句に浮気をされて短期間で別れる。そんな強烈なエピソードには中々巡り合わない。

しかしそれは同時に志乃原自身の拙さも伝えてきて、微笑《ほほえ》ましい話だとさえ思った。まあ本人の立場になってみれば、堪《たま》ったものではないのだろうが。

「そういう話なら、まあ一日だけは付き合うか。約束でもあるしな」

「わーっ先輩の倫理観やばー！」

「やっぱ帰れ」

「すみません嘘《うそ》です照れ隠しです、可愛《かわい》い一面を見せたんですから許してくださいよ、酷《ひど》い先輩あんまりです！」

「五秒で立場逆転させてんじゃねえよ！　何で最後お前が怒ってんだ！」

新手の詐欺に遭った気分だ。勢いに押されて、危うく謝るところだった。

「じょ、ジョークです。すみません、でも照れ隠しなのは本当ですよ」

「ああ、そうかよ」

このタイミングで言われても全く信じられないが、そこに言及していたら話が進まない。

俺は軽く息を吐いてから、後頭部をポリポリと掻《か》いた。

「じゃあまあ、とりあえず今からデート行くか」

そう言うと、志乃原は目をパチクリとさせて一瞬静止した。

「——えっ、もう⁉　私、今日はそういうつもりじゃなかったんですけど！」

「俺は今日一日空いてるからな。……でもあれか、いつも通りこの家から出発するのじゃ気分変わらないか？」

俺が訊くと、志乃原は指を小さい顎に当てて、難しい顔をする。

「えっ、どうですかね。確かにどこかで待ち合わせしてから行く方がデートっぽいですし、女の子の憧れはそっちだとは思いますけど。でも慣れてきた二人が同じ家から出発するのもそれはそれで堪らないって言う人もいるでしょうし、むしろそっちに憧れる人の方が——」

「志乃原はどっちがいい？」

「私はどっちもがいいです！」

「二択で訊いたんですけど⁉」

俺がそう反応すると、志乃原は鼻を鳴らした。

「いいじゃないですか、今から二人で家から出れば全然手間も掛かりませんよ……手間とか言わないでくださいよ！」

「なに、今日お前の中でノリツッコミ流行《はや》ってんの？」

「で、できれば冷静なご指摘はやめてください。で、ＹＥＳかＯＫか、どちらですか？」

……どうやら俺に拒否権は用意されていないらしい。

軽く息を吐いて、仕方なく口を開く。

「オッケー」

「わっかりました！　いえーい、先輩が彼氏だー！」

「かっるいノリだなほんとに！」

そうは言いながら、俺も胸の内から笑いが込み上げてくるのを感じた。本当に志乃原は、自分の気持ちを余すことなく態度で伝えてくる。特に楽しいというプラスな気持ちはひとしおそうだ。

「ワクワクしますもん！　私、初めてのことが好きなので！」

　志乃原は白い歯を見せてはにかむ。その態度に感化されたのか、不思議と活動力がふつふつと湧いてくる。

　——俺も、結構単純な性格だな。

　かつては志乃原と話していると、自分がどこかスレた成長をしてしまったのではないかと不安になる時もあった。だが最近は、良い刺激を受けている。きっと志乃原くらい楽しいことを純粋に求めた方が、人生の彩りは増していくと思うようになったからだ。

　限りなく大人に近付いてきた今、自分に素直になるのが憚《はばか》られることもあるけれど。

「じゃーせっかくだし、出掛けるのはいつもは行かない場所にするか」

「はい！」

　——きっと志乃原の前だと、俺はずっと子供でいられる。童心に帰ることができる。この先社会人になって、今以上に世間体という曖昧な規則に準じた生活を送ることになったとしても、志乃原と一緒にいるのなら、この先も。

「さ、行くか」

ジャケットを着てから、財布を後ろポケットに入れた。

「今日の先輩、いつもより頼もしいです」

「久しぶりに先輩らしいところを見せてやるぜ」

そう返事をして、玄関のドアを開ける。

すると伸び切った腕の下から、志乃原がするりと潜《くぐ》り抜けた。猫のように柔軟な身体《からだ》だ。

「彼女モード、彼女モード！」

「口に出すなよ恥ずかしい……」

俺は外へ出て、鍵を閉める。背中にほんわりとした温《ぬく》もりを感じる。

「じゃあ先輩、また後でっ」

「ああ、後で」

志乃原はニカッとはにかむと、先に最寄駅へ駆けていく。

渡り廊下から眺めていると、志乃原の背中はすぐに小さくなった。

——デートに赴くために外出するのは、いつ以来のことだろう。

肌を刺すような冬至の季節は既に終わり、陽光の暖かさが身体を包み込んでくれる。

そんなところから季節の巡りを感じながら、俺はまた一歩踏み出した。

◇◆

集合場所は以前から目をつけていた洋館『clubhouse』。

礼奈と付き合っていた時に、いずれ連れて行きたいと思っていたデートスポットだった。

いくつもピックアップしていた内の一つだが、志乃原が最も喜びそうな場所だ。

集合時間は十三時。ランチも楽しめるということもあり、丁度良いだろうと思っていたのだが。

「来ねえぞ……」

俺は呟《つぶや》いて、腕時計に視線を下ろす。

時刻は十三時十分、既に約束の時間は過ぎている。

自宅からは電車移動を挟む距離だが、ちゃんと位置情報はラインで送付しているので迷うことはないはずだ。そもそも俺より先に駆け出しておいて、まだ到着していないのはおかしい。

俺はやきもきしてラインのトーク画面を開くが、連絡はない。

考えてみれば、志乃原と大学構内以外の場所で集合するのは、去年のクリスマスイブ以来だ。

　その時はきっちり時間通りに来ていたし、何かあったのだろうか。

　そんな不安が頭を過《よぎ》った時、吹き抜けるような明るい声が俺を呼んだ。

「先輩――――っ！」

　これがやまびこなら、良い具合に返事をくれることだろう。

　だが此処《ここ》は思い切り平地で、志乃原の声は突き抜けて道行くカップルが振り返った。

「先輩、お待たせしました！　待ちましたか？」

「うっせえ静かにしろ！」

「第一声が酷すぎる⁉」

　志乃原が仰天したようにのけぞった。

　俺たちのやり取りは周りからクスクスと笑われたが、嘲笑の類ではなく、微笑ましく見守られているようだ。

　カップルがメインを占める場所では、周りに対する許容範囲が広がる。皆《み》んな自分と同じように恋人と一緒にこの場所に訪れていると思うと、小さな仲間意識が芽生えるのだ。

　それでも一応頭を下げると、少し年上であろう女性が「許してあげてね」と笑い、俺たちの傍《そば》を通り過ぎる。

彼氏の人は俺に親指を立ててから、また二人の会話に戻っていった。

言えない、これが仮交際だなんて。

「すみません先輩、遅刻しちゃいました」

「言い残すことはそれだけか」

「あれ、私殺されるんですか？」

志乃原は口を手で覆って、やっと頭を下げた。

「すみません、電車に乗り遅れました。わざと」

「まあ仕方な——なんて言ったお前」

「さあ行きましょう！」

「待てこら！」

二の腕をガシリと摑み、先に進もうとした志乃原を引き留める。

「そ、束縛だ……」

「違《ちげ》えよアホ。お前今わざとって言ったな、なんでだ」

俺が尖《とが》った口調で訊《き》くと、志乃原は首をブンブンと横に振り、両手を挙げた。

「お、怒らないでくださいほんとにすみません。その、ちょっとやってみたいことがあったんですよ」

「やってみたいこと？」

おうむ返しをすると、志乃原が赤べこのように頷《うなず》いた。

「デートに遅刻して、待ちましたか？　って訊きたかったんです。だってカップルあるあるですよね、これ」

「あーっ、そういうことね」

納得がいって、志乃原の二の腕から手を離す。

志乃原は二の腕をさすりながら、「ボディタッチにしては過激すぎます」と呟いた。

「仕方ないだろ、普通に遅刻した挙句逃走しようとしたんだから」

「先輩の解釈怖すぎません？　もっとこう、穏便にいきましょうよ。私の思い描いてた対応と乖離《かいり》しすぎてましたよほんと！」

「へえ、どんな対応が良かったんだよ」

訊くと、志乃原はエヘンと胸を張った。

何故《なぜ》ドヤ顔しているのかは、全く分からない。

「それは勿論《もちろん》、全然待ってないよ！　です」

「全然待ってないよ」

「もう遅いんですけど!?」

　志乃原はそう言ってから、プイとそっぽを向いた。

「私、遊動先輩と付き合ってる時は無遅刻無欠席だったんですよ。やっぱりどこか気遣ってたのと、なめられたくなかったのと、弱みを見せたくなかったので」

「へえ」

「だから今日は遅刻したのに、先輩ひどい！」

「暴論すぎない⁉」

　気を許してるからこそですよ、と言いたかったのだろうが、それが遅刻に繋《つな》がるのなら喜ばしい話にはならない。

　まあ理由が志乃原らしいので怒るどころか和んでしまったのだが、それを口に出せば調子に乗りそうなので口にはしない。

「わーっ、どこ撮っても映えそう、凄《すご》い！」

　志乃原ははしゃぎながら、辺りを見渡す。

　洋館の中に入ると、突き抜けるように高い天井が俺たちを見下ろしている。洋館というよりは、小さなお城のようだ。

　廊下には絵画や装飾品がズラリと並び、外の世界とは隔絶した雰囲気を一層増長させている。

それらを眺めながら重厚な深紅の絨毯《じゅうたん》を進んでいくと、やがて広大なカフェテリアに辿《たど》り着いた。

「こんな奥にカフェがあるなんてすごいですね……」

「この洋館にある唯一の休憩所らしいぜ」

「へぇ、先輩も結構カフェ好きですよね」

「落ち着く場所が好きなんだよな。家が一番落ち着くけど、その次は間違いなくカフェ」

まあ、本音を言うなら眼前に広がるカフェは別だ。

賑《にぎ》やかでカップルばかりがいるカフェは、さすがに落ち着くと評することはできない。

一人で寛《くつろ》ぐ人が散見されるカフェが、俺のお気に入りなのだ。

「凄い、凄い！」

だが、志乃原と訪れるならこのカフェで良かった。ぴょんぴょんと跳ねる姿を横目に見ていると、不思議と素直にそう思えた。

そしていつのまにか自分の顔が綻んでいることに気付き、頬《ほお》をペチンと叩《たた》く。

「おい、行くぞ」

「え？　でも席が――」

志乃原が質問しようとすると、店員さんが「ご予約の席にご案内します」と先導した。

志乃原は若干驚きながら、やがて俺の脇を肘でつつく。

「できる先輩っ、さすがですね」

「うるさい」

「褒めたのに⁉」

志乃原の小声の抗議を聞き流しながら、アンティークな内装を眺める。

単にアンティークと評しても、大学の傍にあるカフェよりも数段上の高級感が漂う内装だ。

カフェ巡り好きの人たちでごった返しそうな内装だが、十四時前とチケット制の洋館ということもあり、入館している人は疎《まば》らで喋《しゃべ》りやすい。

志乃原の反応も上々で、以前から目をつけていた甲斐《かい》があったというもの。

案内されたのは半個室で、予約画面通りの見た目だった。

Ｗｅｂの予約画面に加工した写真を載せている店舗は多々見受けられるが、このカフェはそうした企業努力をしなくても客を呼び込めるに違いない。

半個室に入り、テーブルを挟んで向かい合う。ソファに腰を下ろすと、ゆっくりと身体が沈んでいき、絶妙な位置で止まってくれた。

「これ寝れる……」

そう言って頭を後ろに預けると、志乃原が片手を伸ばして俺を引き戻した。勢い余って、俺の額がテーブルにぶち当たる。ガツンと派手な音が鳴り、思わず苦悶《くもん》の声を上げた。

「イィいってぇ！」

「先輩、今デート中ですよ！　寝るの禁止！」

「今のは〝眠れるくらい気持ち良い〟ってリアクションだよ！　ほんとに寝ようとしてたんじゃないわ！」

誤解を解くと、志乃原は目をパチクリとさせる。

そして、あろうことか視線を逸らした。

俺が恨めしげに見るが、志乃原は視線をこちらに戻そうとはしない。

そしてついに何事もなかったかのように、傍《かたわ》らに置いてあるメニュー表を取った。

「なーんだ、私の早とちりですか。じゃあ先輩、何飲みます？」

「そのまま流せると思うなよ？」

「やだなぁ先輩……私、感動したんです。そう、こんなに良い場所に連れてきてくださったことに対してです！　今日のデートって当日に決まったじゃないですか、にもかかわらず即座に場所を探して予約までして、段取りから何から本当に私改めて先輩のこと尊敬したっていうか」

「よく喋るな」

俺がニコリと笑うと、志乃原は耐えかねたように頭を深く下げた。

「すみませんでした」

ハーフアップにした髪がペタリと垂れる。

笑顔が謝罪を引き出したかと思うとそれはそれで不本意なのだが、俺も二十歳を過ぎた男だ。ここは寛大な言葉で許そうと口を開いたその時、半個室に店員さんが入ってきた。

「お客様、ご注文——失礼致しました」

「あっ待ってくださいこれはそういうのじゃなく！　カフェオレ二つで！」

志乃原が顔をガバッと上げて必死に注文したが、呼び声も虚《むな》しく店員さんは小走りで去っていく。

店員さんの目には、俺は極悪人に映っていたに違いない。

額の痛みが一段と増した気がして、俺は項垂《うなだ》れた。

◇
◆

「いやー、誤解が解けて良かったですね。先輩通報されるところだったんじゃないですか？」

「誰のせいだと思ってんだよ」

　俺はげんなりしながら、ナイフを手に取る。

　テーブルに置かれている大きめのパンケーキ。見た目は少し風変わりで、ピサの斜塔のように絶妙なバランスで傾いている。

　三段に重なっているパンケーキは一段ごとに色合いが異なっており、違う味を楽しめるようだ。

　パンケーキの周りにはシロップでイラストが描かれており、女子ならテンションが上がるに違いない。男の俺ですらムズムズしてしまう。

「先輩、これ写真撮っていいですか？」

「どーぞ、どーぞ」

　そう言って、俺はメニュー表を手に取る。

　目を通していると、やはりパンケーキやコーヒーカップが風変わりなのはターゲット層を女性やカップルに絞っているかららしい。インスタへの投稿を促進したいようで、『インスタ投稿３００件突破！』と記載されている。

　こうしたＳＮＳ戦略があれば、広告費を削減しても客は自《おの》ずと集まるだろうなと感心していると、シャッター音が連続して鳴った。

視線を上げると、カメラのレンズは明らかにこちらに向いている。

「どこ撮ってんだよ、今の被写体絶対俺だろ」

「でも良い表情してますよ、ほら」

志乃原がスマホを俺に寄越《よこ》す。

仕方なく画面を確認すると、丁度俺が視線を横に流した時の写真で、いつもの五十倍も良い映りだ。

「おお、これ欲しい!!」

俺が思わずお願いすると、志乃原はクスリと笑みを溢《こぼ》す。

「はい、後で送っときますね。意外とふとした瞬間に撮ったものが盛れたりするんですよー、これも絶対アイコン映えすると思います」

アイコンに対して特に拘《こだわ》りのない考えは、まだ変わっていない。

相変わらず俺のSNSのアイコンはブサカワイイご当地キャラだし、それにある程度満足している。だが確かに、一度《ひとたび》この写真を見たらアイコンを変更したくなってくる。

「さすがグラマーだな！」

「……もしかしてインスタグラマーを略したんですか？　絶対伝わらないですよそれ」

「伝わってるじゃん。俺の伝達力なめんなよ」

「私の理解力が高いからですよ！」

志乃原は鼻を鳴らして、パンケーキを食べ始める。

俺もひと笑いしてからパンケーキを口に運ぶと、上質な甘味《あまみ》が口内に広がった。

大学構内にあるカフェも値段にしては上等な方だが、さすがに二千円もするパンケーキはレベルが違う。

二人でフワフワの生地に舌鼓を打っていると、志乃原がホゥと幸せそうな吐息を漏らした。

「食べ物って、ちょっと高いお金を払うだけで違いが分かりますし、なんかお得ですよね」

志乃原の言葉に、俺はパンケーキに刺したフォークを一旦皿に休ませて頷《うなず》いた。

「確かに、千円差でも結構味の違いとか分かるもんな。服とかだと、それくらいの価格差は誤差にしか思えないし」

同じような生地にも、ブランドのロゴが付くだけで桁が変わったりするのは当たり前。

食もファッションも自己満足の世界ではあるのだが、食の方が俺にとっては遥《はる》かにリーズナブルだ。もっとも、両者ともに上には上がいるのだろうが、きっと俺がそれを知る機会はないと思う。

ふと貴金属の光に誘われて、視線を志乃原の手元に向ける。高価そうな指輪が華奢《きやしや》な人差し指に嵌《は》められている。全く嫌らしく見えないのに目を惹《ひ》かれるのが、素直に凄い。

「先輩？」

「お前ってパトロンいてもおかしくないくらいモテそうだよな」

「実際モテますけど、パトロンはいないですよ。この指輪は自分の給料から買ったものですから」

「サロンモデルだっけ。そっちの道に進みたいとかは思わないの？」

志乃原から聞いている話だと、サロンモデルは他のバイトより遥かに割が良い。志乃原のスペックなら今後他のモデル業の話が来てもおかしくないし、少なくとも学生のうちは苦労することなく稼ぐことができるはずだ。

だが、志乃原はあっさり首を横に振った。

「そこそこ楽しいですし給料も高いですけど、私は自分が興味あるところに時間を使いたいですね。私が学生である時間は有限ですから」

「へえ」

俺は素直に感心して、短く返事をした。

普段はおちゃらけていても、意外と芯の通った考えを持っているのが志乃原の良いところだ。これが逆の立場なら、志乃原と同じ考えを持てたかは怪しい。いや、恐らく持っていないだろう。

「志乃原は興味ある分野とかあるのか？」

「今は先輩です」

「俺の感心返して!?」

思わずフォークを取りこぼしそうになる。真面目な顔で言うことじゃない。

「いや、ほんとですって」

「いやいや、真面目に」

俺が苦笑いして応えると、志乃原は眉を顰《ひそ》める。

「真面目なんですけど。まあ厳密には先輩にじゃなくて恋愛になんですけど、その恋愛感情に最も近しい存在が先輩っていうか」

「なんでそんなとんでもないことサラっと言えんの？　てか俺今告白されたか？」

ただの恥ずかしい発言かと思って聞き流そうとしたが、傍《はた》から見ればとんでもない内容が含まれていた。相手が志乃原でなければ勘違いしてしまいそうな言葉選びだ。

「まあ、うん、上手《うま》い言い回しではあるけどな」

これならハッキリと告白をしないまま、相手の気持ちを確かめることができる。要は恋仲になるのが叶《かな》わない場合であっても、今までの関係が破綻する可能性を低くできるということ。

だが志乃原はそんなことは微塵《みじん》も計算していないらしく、俺に「何言ってるんですか」と言葉を返した。

「告白も何も、今は私の彼氏じゃないですか。大人しく彼氏しててくださいよ」

「ちょっと待て、仮交際だからな。一応念押ししておくけど、分かってんな？」

俺が念のために確かめると、志乃原は何度か瞬《まばた》きした後、ぽつりと呟《つぶや》く。

「……私、先輩がダメならもうダメな気がするんですよね」

その声色は礼奈と体育館にいた時と同様、僅かに沈んでいる。

何が駄目なのか。

——ふと、数ヶ月前の情景が脳裏を過《よぎ》った。

志乃原が初めて俺の家に泊まった日。

俺が信頼することは全てを話すことに繋《つな》がらないと言った時、志乃原は「私もそうでした」と呟いていた。

志乃原が話そうとしていることは、あの時のことなのかもしれない。

恋愛に関して、俺を使い何かを確かめたいと思っている。

その中身に、何となく察しが付いてきた。だがそれは、俺から指摘してはいけないような気がする。俺から確かめては、意味が無くなるような気がする。

「何がだよ」

俺は惚《とぼ》けて訊《き》くと、志乃原はかぶりを振った。

「次のデートでお話しします」

「何で次があること確定してんだよ」

「先輩はオッケーしてくれますから！」

吹き出して見せると、志乃原はそっぽを向く。

ここでからかうのはやめておいた方が無難かもしれない。

「まーどう思っててもいいけどさ。とりあえず、今から行く場所決めようか」

さすがにこの洋館で一日を潰すのは無理がある。

志乃原となら喋《しゃべ》っているだけで時間は過ぎてしまうだろうが、それでは仮交際をしている意味がない。

「いいですね！　探しましょうっ」

俺も、自分に柔軟なデートプランを立てる能力があるのか確かめたかった。

「待ってな、俺が決めるから」

俺はスマホに指を走らせて県内のデートスポットを検索するためにＷｅｂページを開く。

ブックマーク欄をスクロールしていると、懐かしいまとめサイトが表示された。

礼奈と付き合っていた時、頻繁に利用していたサイトだ。近場から遠方まで、カップルにオススメのスポットがジャンル分けされて纏《まと》められている。

定期的に更新されていて、ランキング形式のページもあるため、最もオススメのデートコースを一目で確認できるという訳だ。

「さっきはいつもは行かない場所って言ってくれてましたけど、また体育館だったりしませんよね？」

「さすがにしないっつの。ちゃんとリードするよ」

デートコースを細部まで決めて相手を楽しませるのは、意外と難易度が高い。デートでは、一緒にいるだけで楽しい気持ちとはまた違った種類の楽しさを感じさせなければいけない。

そして俺は、それが少し苦手だった。

いつも礼奈に手伝ってもらって、結果的に礼奈の決めるデートコースの方がお互い楽しめていた。

どうせ仮交際をするなら、志乃原の言う通り俺にとっても有意義な時間にしたい。当日にデートコースを決めるのは難易度が高いが、だからこそ挑戦する価値もある。

「デジタル美術館はどーだ」

「デジ……はい？」

志乃原はキョトンとして、訊き直す。

「インスタ映えのところだけど、普通に行っても楽しそう。夜まで開いてるしな」

ネットのランキングには、女子大生に人気のランキング一位と書かれている。

恋愛メディアに関して、ミーハー気質である志乃原は喜ぶに違いない。

だが志乃原は、予想に反して顔を曇らせた。

「へえ……おもっ、面白そうですね」

「おい、絶対思ってないだろ」

これ程分かりやすい反応があるだろうか。

理由が不明だが、どうやら全く興味がないらしい。こんなに一緒の時間を過ごしているのに、提案を外した。

なんだかそれが無性に悔しくなり、もう少し気の利いた場所を見つけようと再度検索する。

だが検索ワードのチョイスが悪いらしく、中々目ぼしい記事がヒットしない。

「私、遊園地がいいです」

「却下」

「なんで⁉」

俺は志乃原をもう少し背伸びをした場所に連れて行きたいと思っていた。年上としての威厳を保つ——というのは建前で、単に男としてのプライドの問題だ。

礼奈と付き合っていた時も、俺はこの思考回路で過ごしていた。背伸びをして高価なお店に行くのは、男としての格が上がったような錯覚をして二重に楽しかった。

この思考回路が女性にとってどう感じ取られるものなのか、考えたことはない。だが少なくとも、志乃原にとっては重要ではないようだ。なぜなら先程から、咎《とが》めるような視線を浴びせてきている。

俺が根負けしてスマホから視線を外すと、志乃原は思い切り頬《ほお》を膨らませた。

「先輩自身に行きたいところがあるならともかくです。彼女のための名目なら、彼女の要望通りに行くのが一番だと思うんですけど！」

「ぐっ……だって遊園地ってなんか子供っぽいし……」

「私に年上パワーを見せつけたいのは分かりましたから、今日は遊園地に行きましょう。私は今日、なんだか童心に帰りたい気分なんです」

——先程の思考を読まれでもしたのだろうか。

志乃原といると、童心に帰れる。確かに俺はそう思っていたはずなのに、気が付くとまた背伸びをしていたようだ。

俺が押し黙ると、志乃原は言葉を続けた。

「ダラダラした先輩、ぐでぐでの先輩。今日までずーっと見てきてるんですから。年上らしい先輩も好きですけど、そういうだらしない一面も好きで私は先輩の家に通ってるんですよ。先輩はそのままでいいんです。そのままがいいんです」

「……そのまま、ね」

年上らしい男であろうとすること自体は、間違っていると思わない。けれど、今の俺の行動は世間体を気にした結果だった。

相手のことを考えずに、自分を優先する。それが取り返しのつかないことに繋がるというのは、既に経験済みだ。

だというのに、意識しなければ同じことを繰り返してしまう。人間そう簡単に変わることができないのは分かっていたが、志乃原に提言されるまで気付くことすらできなかった。

その事実に内心で唇を噛《か》む。

だが、今はデート中だ。雰囲気が重くなってはそれこそ志乃原に申し訳が立たない。

俺は気持ちをリセットさせて顔を上げる。

しかし、視界に入った志乃原はどこか神妙な面持ちだった。

「……先輩は変わらないでください」

「え？」

思わず訊き返す。すると志乃原は目をパチパチとさせてから、手で口を覆った。

「す、すみません。何でもないです」

「そ、そうか？」

志乃原は口角を上げて、頷《うなず》いた。

もしかすると、俺に聞こえていないと思ったのかもしれない。

俺が訊き返したのは、聞こえ辛《づら》かったからじゃない。志乃原の言葉が、俺にとって都合の悪いものだと無意識に判断してしまったからだ。

それにより訊き返して、結果として志乃原は自分の言葉をなかったことにしてしまった。

今は意識をパンケーキに戻している。

やはり先程の発言の真意を訊こうかと迷っていると、俺の右ポケットがブブッと震えた。

メッセージの通知音かと思ったが、継続的にスマホが震えている。誰かからの電話であることは疑いようもなく、俺はポケット越しに電源ボタンを押し込んだ。

スマホの震えは収まり、半個室に静寂が戻る。

「出なくて大丈夫なんですか？」

「二人きりの時に電話になんか出るかよ」

「気持ちは嬉《うれ》しいですけど。緊急事態かもしれないので、発信主だけでも見た方がいいですよ」

「む……」

確かに、あまり考えたくはないがその可能性も否めない。

電話を折り返すことはしないが、確認だけはしておこう。

そう思って、俺はスマホを取り出して電源を入れた。

『今　不在着信：彩華《あやか》』

「――大丈夫」

俺が口角を上げてみせると、志乃原は目を細めた。

「なんか……浮気の予感」

「いや、ないから」

俺はかぶりを振る。彩華とそういう仲になったことは一度たりともない。

そのことは俺の口から自信を持って弁明できるのだが、だからといって志乃原に彩華の名前を伝えるのは逆効果だということも分かっている。

彩華のことだから恐らく暇電をしてきたのだろうが、少なくとも急を要する連絡ではないはずなので、今は志乃原を優先する。仮にも、仮交際中だ。仮だけに、という心底つまらない冗談が脳裏に過《よぎ》って、俺は顔を思い切り顰《しか》める。

先ほどの「変わらないでください」という発言に言及しようと思っていたが、彩華からの着信でタイミングを失った。

俺は仕方なく志乃原から視線を外して、メインフロアを眺める。

メインフロアでは、多くのカップルが談笑していて各々の時間を楽しんでいた。

その光景が、今の俺には少し眩《まぶ》しい。

恋人は、自分にとって近しい理解者。だからこそ恋人という存在は何ものにも代え難《がた》いし、大切なのだ。

――俺は、そんな存在である恋人を傷付けた。

人間、誰しも他人を傷付けることはある。それは一人一人が異なる考え方を持ち、異なる環境下で日々を過ごすのだから、避けられないことなのかもしれない。仕方ないといえる側面すらあると俺は思っている。

だが、親しい人を傷付けるなら話は別だ。互いを理解しようと努める関係でのそれは、避けられる。

一度失敗した俺は、変わらなければいけない。

今のままだと、俺はきっとこの先、また親しい人を傷付ける。

その結果が巡り巡って自分に返ってきた時に、社会人になっていてはもう遅いのだ。

学生の身である今だからこそ許されている一面が、俺という存在にはきっと数多く付随している。

社会人になるまであと二年を切り、タイムリミットはすぐそこまで迫っている。

そんな俺の焦燥感は、正しいもののはずだ。俯瞰《ふかん》的に見て、大人になろうとすることが間違いのはずがない。

だというのに、志乃原は何故《なぜ》俺の変化を否定するのだろうかと疑念が生じる。

「先輩って、難しいこと考える時の顔変ですよね」

志乃原が俺に話しかけてきて、俺は視線を戻した。

「失礼な。お前こそなんだよその顔」

「元々です。私は元々可愛《かわい》いんです」

「別に可愛いとは言ってねえよ」

「言ってるようなもんじゃないですか！」

「どう考えても違うだろ！」

呆《あき》れた声色を出すと、志乃原は控えめに笑った。

いつも通りの笑顔。すっかり俺の日常に溶け込み、もはや欠かせない存在へとなりつつある、その表情。

変わらないといけないもの、変わってほしくないもの。

何事も、この二つに割り振っていけばスッキリするかもしれない。

志乃原という存在は、俺にとっては後者だ。

それを思い出させてくれたことに、俺は思わず言葉を紡いだ。

「ありがとう」

「はい、先輩。迷える子羊さん、可愛いです」

「二言余計なんだよ」

俺は口を尖《とが》らせる。

そして気恥ずかしさを紛らわせようとフォークを動かすと、空を切った。

視線を落とすと、小綺麗《こぎれい》なお皿にはもう何も載っていない。

「……俺パンケーキ食い終わってたっけ？」

「はい、先輩喋《しゃべ》ってる時以外はずっと食べてましたからね。食べ切るのが早いです」

「じゃあお前の皿に載ってる二つ目のパンケーキは急に現れたって訳かな」

「そういうことになりますね。不思議な世界」

視線が交差する。お互いに口を噤《つぐ》み、数秒の沈黙が降りる。

「——返せこら!!」

「ひゃー！」

俺が志乃原の皿に腕を伸ばすも、俊敏な対応で掠《かす》りもしない。一皿二千円のパンケーキ、一欠片《ひとかけら》も渡す気はない。

テーブル越しの攻防が数秒続き、志乃原がようやく「分かりました、分かりましたから！」と降参した。

差し出されたお皿に載っている、大きい方の欠片にフォークを刺す。

「あっ!?」

今度は志乃原が驚いた声を上げた。

俺のフォークに刺されたパンケーキは、志乃原がちびちびと食べていたものだ。

「私のパンケーキを横取りするからにはそれ相応の覚悟と報酬を用意してくださいね、報酬とはつまり先輩が私に」

「分かった返す」

「最後まで言わせてくださいよ!!」

志乃原は腕をブンブンと振って抗議し、ツンと顔を逸《そ》らす。

皿に戻ったパンケーキは、とっくに崩れてかつての洒落《しゃれ》た景観は見る影も残していない。

それでも変わらず美味《おい》しそうに思えるのは、志乃原といる時間を心底楽しんでいるからなのかもしれない。

俺は僅かに口元を緩めて、志乃原のパンケーキを口に運んだ。

その時だった。

「——よう、元気そうだな」

不意に上から降ってきた、知らない声。

いや、本当はどこかで聞いた覚えがある。捨て置いても問題のない記憶だと、頭の中から切り捨てていただけだ。

先に志乃原の表情を見て、俺の勘が当たっていることを悟る。

声の方向に視線を上げると、やはり間違っていなかった。

志乃原の元カレ、元坂遊動。

口元を歪《ゆが》めた元坂の瞳は、怨恨の色で染まっていた。

◇
◆

志乃原は信じられないという風に頭を抱えてから、静かに口を開いた。

「……え、何しに来たんですか？　普通に引くんですけど」

「おい、偶然見かけたから話しに来ただけだぜ。そんなんで引くなよ」

「異性と二人きりの元カノに気軽に話し掛ける無神経さに引いたって言ってるんですよ」

志乃原が憎々しげに言った。

その言葉で、ようやく元坂は俺の方に顔を向ける。

「よう、悪いなお楽しみ中。あんた、名前は忘れたけど以前何回か会ってるよな？」

元坂は俺に向けて問い掛ける。

俺は渋々という表情を見せながら、返事をした。

「クリスマスの合コンと、バレンタインパーティの時はどうも」

「あーそれそれ。彩華ちゃんの糞《ふん》な」

下品な表現だが、金魚の糞と言いたいことは伝わった。そしてその事に、どこか懐かしい気持ちになる。

高校二年生の一件を経て、三年へと進級した後。俺は一部の生徒から同じように囁《ささや》かれていた。それを全く気に留めなかったのは、陰口を叩《たた》かれることへの不快感より、彩華が再び高校のマドンナへと返り咲いたことへの嬉しさが勝ったからだ。

まさか元坂の発言でそれを想起させられるとは思わなかった。

「先輩が、何ですって？」

志乃原が腰を上げて、元坂に向かって非難の視線を送る。

元坂は若干萎縮したように半歩下がったが、持ち直したらしく再度志乃原に問いを投げた。

「お前、こいつと何してんの」

志乃原は「こいつって言わないでください」と返してから、俺の方を見る。

志乃原がどういう別れ方をしたのか把握していないが、仮に元坂が未練を持っているのだとしたら、彼にとって俺という存在は憎らしいに違いない。

余計な刺激は与えない方がいいだろう。

その考えに至った俺は、元坂にバレないよう、志乃原に向かって控えめに首を横に振る。

「見ての通り、デート中ですけど」

どうやら全く伝わらなかったらしい。

志乃原の言葉で、元坂が下唇を噛《か》み締めるのが視認できた。

「振った勢いで、ＳＮＳも全部ブロックしやがって。挙句、間も空けずに早々にデートしてる相手がこいつかよ」

「俺、羽瀬川悠太《はせがわゆうた》。よろしく」

「自己紹介挟むタイミング最悪か！　察しろ雰囲気で！」

元坂が噛み付くように言ったので、俺は肩を竦《すく》める。

「だってお前、このままじゃ俺のことこいつとしか呼ばないだろ。それはなんか癪《しゃく》に障るから、羽瀬川って呼んでくれよ」

「じゃあお前も俺のこと元坂って呼べ。俺もお前って呼ばれるのは好きじゃない」

「おっけー元坂」

「じゃあ俺も羽瀬川って呼ぶ」

「おう、よろしく」

元坂が納得した顔でこくりと頷《うなず》く。その光景に、志乃原は思わずといった様子で口を挟んだ。

「待ってください、なんでちょっと打ち解けてるんですか」

「別に打ち解けてねーよ」

元坂の言葉に、俺も無言で頷く。

コミュニケーションを取るために、最低限の環境を作りたかっただけだ。余計なストレスが掛かっては、進む話も進まない。

「まあ、何気にこいつコミュ力高いしね」

元坂の後ろから、今度は聞き慣れた声がする。

俺は急いで元坂を押すと、そこには彩華が佇《たたず》んでいた。

目が合うと、彩華は小さく息を吐いた。

「だから電話したのに」

「え、さっきのそういう電話だったの？」

暇電かと思って出なかったのだが、あれはこの状況を避けるための唯一の機会だったらしい。それをみすみす逃してしまったことに、俺は心の中で頭を抱える。

「『Green』と『オーシャン』の合同で遊ぶために、代表と副代表で下見に来てるのよ。遠目にあんたと志乃原さんが見えたから、急いで電話掛けたんだけどね」

「四人？」

俺が彩華の後ろを見ると、メインフロアには『Green』のサークル代表である樹《たつき》さんが、スレンダーな女性と談笑している。彩華の言葉から察するに、あの女性が『オーシャン』の代表なのだろう。

『オーシャン』とは、俺たちの大学にあるアウトドアサークルの一つ。彩華が副代表を務める『Green』と同規模のアウトドアサークルは、『オーシャン』だけだ。

「元坂ってあの『オーシャン』なんだな。副代表か？」

彩華と一緒に行動していることからそう訊《き》いたのだが、元坂は首を横に振った。

「いや、俺代表だよ」

「はぁ⁉」

俺が仰天すると、元坂は満足そうな笑みを浮かべる。

「そんなに驚くなよ、意外でもないだろ」

「意外すぎるわ、務まってんのか」

「後で殺す！」

「誰か助けて！」

俺が元坂から離れようとすると、志乃原がパチンと手を鳴らした。

半個室に静寂が戻る。

「……先輩、今デート中です。そのへんで」

いつもより怜悧《れいり》な声色に、俺は思わず口を噤む。

和みかけていた雰囲気が、一瞬で張り詰めるのを感じた。

「デート？」

その雰囲気の中、最初に戸惑いの声を上げたのは彩華だった。

彩華の言葉に、元坂は頷く。

「デート中なんだって、この二人」

元坂は苦虫を嚙《か》み潰《つぶ》したような瞳で、志乃原を見る。

……俺は元坂に対し、認識違いがあったようだ。

彼は俺に対してのみ嫌悪感があるものかと思っていたが、実際のところ志乃原に対しての方がそれは大きいらしい。

その証拠に、開口一番の言葉が俺を貶《けな》すものだったものの、苗字《みようじ》で呼び合ってからは普通に会話ができている。

それは気持ちの矛先が志乃原に向いているからに他ならない。

志乃原は不快感を隠そうともしないで、元坂に向かって反論した。

「先輩とデートするのに、元カレの許可がいるんですか。突っかかるのもいい加減にしてください」

「許可なんて求めてねーよ。振った瞬間全部連絡先断つくらい潔癖なやつが、早々に男拵《こしら》えてんのが気に食わないだけだ」

ブロックされたことにより、相当自尊心を傷付けられたらしい。これが普通のカップルだったならば、俺も少しは同情してしまう。振られた相手から連絡先を消されるなんて、想像しただけで胸が苦しくなってしまう。

だが、元坂の場合は話が別だ。

彩華も同じことを考えていたらしく、口を開いた。

「それは浮気した元坂くんが悪いんじゃないかな」

咎《とが》めるような言葉とは裏腹に、声色は明るい。元坂の前だから、いつものように外面の良さを意識しているのだろう。

そんな彩華の言葉が放たれた瞬間、志乃原の顔が僅かに歪んだのを俺は見逃さなかった。

自分の味方をする発言にも、その反応か。

二人の仲――というより、志乃原の一方通行の嫌悪感を敏感に感じ取る。

だか幸い、彩華は志乃原の一瞬の変化に気付かなかったらしく、そのまま続けた。

「女の子の皆《み》んなが皆んな、元坂くんの周りにいる人みたいな考え方じゃないの。今が楽しければ良いって考え方は素敵だけど、人を傷付けた以上、その後の行動を叱責する資格はないんじゃないかな」

彩華が柔らかい声色を作ったおかげか、元坂にも多少響いたらしい。元坂は少々気まずそうに苦笑いした。

「んん……まあ、その浮気にも色々理由があってさぁ」

「浮気は事実でしょ？」

「それは、うん。ごめん、怒らないで」

「私は全然怒ってないって」

彩華が元坂に笑いかけてから、視線を俺の方へ向けた。

「それで、志乃原さんとはほんとにデート中なの？」

「だから、私は――」

「志乃原さん、私はこいつに訊いてんの」

彩華は志乃原を見ないまま、そう言った。

彩華の瞳は真《ま》っ直《す》ぐこちらを見つめていて、俺はこの視線から逃げられたことは殆《ほとん》どない。いつもすぐに見透かされるのがオチだった。

だが今は、礼奈にお願いされた上での仮交際だ。

本当のことを言おうかと、少し逡巡《しゅんじゅん》した。顔の広い元坂の前で、下手なことは言いたくない。高校と違って噂《うわさ》が回る速度も範囲も限られるだろうが、それでも仮交際なんて事実が広まるのは嫌だ。

一旦は志乃原の言うことを正とした方が、この場は丸く収まりそうだ。誤解はあとで解けばいい。

彩華なら、この場で俺が全てを言葉にしなくても、きっと理解してくれるだろう。

その考えが自然と頭に浮かんだ時、俺は歯を食いしばった。

——そんな他力本願な考え方だから、あの時失敗したんだ。

同じ轍《てつ》は、もう踏まない。

それが今の俺が最も優先するべきことなんじゃないのか。

言葉を隠した結果、失敗を繰り返すことがあったら、俺は礼奈に顔向けできない。

志乃原の体裁を慮《おもんぱか》るのなら、彩華に何も言わないという選択ではなく、二人を納得させるための言葉選びに神経を注ぐべきだ。

志乃原とは付き合っていない。

まずはそのことを伝えるために、口を開く。

だが先に言葉を放ったのは、他でもない彩華だった。

「やっぱいいや、私が気にするのも変な話だしね。元坂くん、行こっか」

俺が驚いて顔を上げると、彩華は口パクで「なんか奢《おご》って」と言って微笑《ほほえ》んだ。

俺は思わずポカンと口を開けたままにしてしまう。

彩華は、色々と察しが良すぎる。

ただでさえ、以前家に訪れた時に志乃原の気配を感じ取られているのだ。

むしろ俺たちが付き合っていると思うのが正常とさえ思うが、彩華は俺が言葉にしなくても全てを理解してくれる。理解しようと努めてくれる。

いつもなら、そのことにただ感謝するだけだった。なんて人に恵まれたんだと、喜びを噛み締めるだけだった。

だが、那月《なつき》の言葉が脳裏に過《よぎ》る。

——彩ちゃんに甘えてると、また同じ失敗繰り返してもおかしくない。二人の関係って、彩ちゃんの圧倒的なスペックで保たれてるものだと思うし。

……それが分かっていて尚《なお》、俺は彩華に甘えていてもいいのだろうか。

「待ってよ、俺ちょっと真由《まゆ》に言っておきたいことがあるんだ」

元坂の言葉で、現実に引き戻される。

何か言われそうだと身構えると、元坂の矛先にいたのはまた志乃原一人だった。

「——真由、羽瀬川がそうなのか」

「……それを今、確かめてるんです」

「応援はしねーぞ」

「いらないですよ、そんなもの」

志乃原が僅かに口元を緩めると、元坂は気に食わなそうに鼻を鳴らした。

二人が付き合っていた頃、何を話していたのかは俺の知るところではない。

だが、志乃原は元坂に何かしらを打ち明けて、俺はその内容を知らない。今しがたの会話から、俺の知らない志乃原を元坂が知っているのは明白だった。

そのことに対して何も感じないといえば嘘《うそ》になる。

だがそれよりも、元坂がある程度まともに会話ができることに驚いていた。

「元坂って普通に喋《しゃべ》れるんだな」

「馬鹿にしてんな、バレンタインパーティの時もめっちゃモテたからな俺」

「あー、そういやそうだったな」

初対面に対しては、俺よりも余程人当たりがいいことはパーティの時も感じていた。

酒が入ればクリスマスのような惨事を引き起こすが、普段は人に好かれやすい性格なのかもしれない。

「元坂くん。樹さんと由季《ゆき》が待ってるから、そろそろ行こ？」

彩華が元坂に声を掛けて、半個室から身体《からだ》を出す。

出て行く間際に、「そんなに見つめないでよ」と言い残して。

何のことか分からず俺が振り返ると、志乃原はツンと壁の方向を向いていた。

「じゃあな、真由」

「下の名前で呼ばないでください」

「はは、寂しいな」

元坂はそう笑って、彩華について行く。

俺がその後ろ姿を眺めていると、視線の先で樹さんがこちらに手を振ってきた。

ペコリと会釈をしてから、俺は彩華に視線を投げる。

彩華は一度も振り返らず、四人はカフェテリアを後にした。

第8話　私の恋愛観　～真由side～

「愛とお金。真由《まゆ》はどっちが好き？」

小学五年生のクリスマス。サンタの格好に扮《ふん》したお母さんから、そんな話を持ち掛けられた。

隣にはサンタの髭《ひげ》を蓄えたお父さんがいて、私の答えを待っている。

私の両親は、二人とも明るく元気な人だった。人生において楽しさを何よりも大事にしていた二人は、年齢より若く見られることが多くて、授業参観の際は鼻が高かったのをよく覚えている。

愛情もたっぷり貰《もら》っていて、頭を撫《な》でられることがご褒美になるくらい、両親が大好きだった。

だからこそ、そんな唐突な質問にも迷わず答えた。

「愛！」

当たり前だ。小学校では愛について教えられることはあっても、お金については教えられない。お金を好きなことは賤《いや》しいものというテレビに植え付けられたイメージも相まって、私は自信満々だった。

褒めてもらえるに違いない。頭を撫でてもらえるに違いない。

でも返ってきたのは「そう」という嬉《うれ》しそうな母の返事と、隣にいた父の寂しそうな笑みだった。

――次の日、両親は離婚した。

後から話を聞くと、円満な離婚だったそうだ。数年にわたり様々な条件面を話し合い、お互いの折衷案で落ち着いたらしい。

幸せな家庭の水面下でそんな話が着々と進行していたことに、私は鈍器でガツンと殴られたような衝撃を受けた。笑顔の裏に一体どんな感情を抱いていたのかと考えると、記憶を酷《ひど》く穢《けが》された気持ちになる。

幸せだと思っていたものがガラガラと音を立てて崩れていくのが聞こえた。

そして親権は同意の下でお母さんに移ったものの、お父さんもたまに家へ顔を出してきて、離婚したのが不思議なくらい仲睦《むつ》まじい空間がそこにはあった。

でもう、それが偽物だって分かってる。

仲睦まじいように見えるその空間で、私もまた偽物の笑顔を浮かべていた。

◇
◆

お母さんと二人暮らしとなってからも、父は月に一回私たちの家に訪問してくる。月末に父も含めて食事をするのが暗黙の了解になっていて、正直辟易《へきえき》してしまう。でも同時に父からも愛されていると実感できて、何処《どこ》か満たされた気持ちにもなっている。そのことにまた、私は行き場のない憤りを感じていた。

そして父の月一訪問は二年以上続いたけれど、中学一年生の冬至を過ぎたあたりから、数ヶ月顔を出さなくなった。

何の前触れもなくパタリと家に来なくなって、お母さんもそれについて話すことはない。

私はそんなお母さんの様子に疑問を感じて、父を話題に上げてみた。

「最近お父さん来ないね」

私が父の話をするのは珍しい。だからお母さんも最初は少し戸惑った表情を浮かべたけど、すぐに戻った。

「そうね、忙しいのかも」

曖昧な返事だ。お母さんが私の様子などを日頃から共有しているのは知っている。それなのに、父が家に来られない理由だけを訊《き》かないなんてことはないだろう。

――つまりは、私に理由を言いたくないんだろうな。

両親は私を気遣って裏で色々とやり取りをしているのだろうけど、それが更に疎外感を加速させている。そしてその現状に、二人は気付かない。私も、中学生にもなってそんなことは恥ずかしくて口に出せない。

「ねえ、お母さんってお父さんのこと愛してるの？」

お母さんは「なあに、急に」と笑ったが、私の真剣な面持ちを見て、哀《かな》しい笑みを浮かべた。

「愛してると思うわ」

「思うって……じゃあ、私のことは？」

「愛してるわよ」

今度は少し照れ臭そうに返事をされた。

即答されたことに僅かな嬉しさを感じて、そのことにホッとする。私にもまだ、親に好かれて嬉しいという純粋な気持ちが残っていたから。

「でもね、この愛とお父さんに対する愛は、また違う種類なの」

「どういうこと？」

もう一度訊くと、お母さんは顎に手を当てた。

「真由は、血の繋《つな》がった私の家族。お腹《なか》を痛めて産んだ、私の子。お父さんは家族だけど、血は繋がってないでしょ」

「血の繋がりってそんなに大事なのかな」

ドラマや映画の世界では、よく「血の繋がりなんて関係ない、それが本物の愛だ」という類の発言が飛び交っている。

私もお母さんから同様の答えが返ってくると期待していた。答えられる直前には、期待が淡い願いに変わっていたけど。血の繋がっている親子なのだから、言われる前に表情から察してしまう。

「──大事。真由も大人になったら分かる時がくるんじゃないかな」

「……そうなんだ」

家族が愛で構成されているという幻想は、とっくに消えていた。家族と呼称されるだけで、そこに内包される人たちに無条件で愛が宿ると思っていたのは、昔の話。

それでも、両親の間には特別な繋がりがあるものだと心の何処かで信じていた。

だけど言われてみれば、お母さんとお父さんは元々他人だ。元々はお互いに、何処の馬の骨かも分からないもの同士。

　だからこそ二人の出逢《であ》いは奇跡的で、同時に脆《もろ》い。

　私たち家族は、その脆さを露呈したというだけの話。

「今さっきは愛してるって言ったけど、ちょっと訂正させて」

「え？」

「恋がね、愛に発展しなかったの」

　今までこんな話をしたことがなかったせいか、お母さんは良い機会だと思ったらしく、明け透けに言った。

「大人には、やっぱり色んなしがらみがあってね」

「例えば？」

「一番は、お金のことかな。お父さん、最近家に来ないでしょ」

　その言葉に、思わず表情が固まる。

「お父さん、最近なんで来ないの？」

　先程と同じ質問をしてみる。なるべく柔らかい表情を心掛けたけど、上手《うま》く作れたかは分からない。

　お母さんは暫《しばら》く沈黙して、やがて口を開いた。

「最近、養育費の支払いが滞ってるから条件が満たせてないの」

「条件？」

「離婚する時に、二人で決めたこと。お父さん、甲斐性《かいしょう》が……ちょっとね。だから、毎月――助けてくれたら、団欒《だんらん》しましょうって」

「そんなこと、話してたんだ」

「そう。別れてもあの人とは、真由を通じて繋がってる。お父さんも真由に会うために頑張ってるから。だから、応援してあげてね」

……この家に来ることにさえ、条件があったんだ。

言葉は綺麗《きれい》に取り繕われていたけれど、それって要するにお金の関係になっているということじゃないの？

私が偽物なりにも家族団欒と思っていたあの時間は、お金のために作られたものだったの？

お父さんは、お母さんにとってもう家族じゃないの？

そんな質問を並べようとしたけど、やめた。

だってそのお金は、十中八九私を育てる上で必要になるものだから。でも――、でも。

偽物の家族団欒の時間さえお金がないと成り立たないだなんて、酷《ひど》い話だ。

お母さんは一体どういう考えで私にその話を打ち明けたのだろう。これから私に訪れるかもしれない、結婚という選択のため？　それとも、ただ胸の内に溜《た》まったものを吐き出しただけ？

どちらにしても、お母さんは考えが足りていない。

私も中学生で、子供ながらに配慮ができる年齢になっていたから、その場では真剣に話を聞いていたけれど。

結婚、恋愛に対する私の価値観は、まだハッキリと形成されていない。つまり、何色にも染まる状態だということ。

私にとって両親の離婚話は、価値観を変えるのに充分すぎる出来事だった。

結婚って、本来はこうした危険も当たり前に孕《はら》んでいたんだろう。皆《み》んな自分の行き先を明るいものだと信じているだけで、一定数は両親のように道を分かつ。そして間に子供がいれば、私みたいに否応《いやおう》なく巻き込まれる。

お金を持つ大人のみに決定権があって、子供は黙って両者の決定に従うしかない。

子供の頃は、〝恋〟という言葉には夢を抱いていた。

でも私が目の当たりにした恋は脆さを含み、そしてそれが発展すれば第三者の環境をも変えてしまう凶器にもなり得るもの。

一度そう考えてしまったら、恋はとても危険なもののように思えてきて、この先恋愛に対して良い気持ちを抱ける気がしない。

離婚後に曲がりなりにも仲睦まじい空間があった私でさえキツかったのだ。これがもっと酷い空間になれば、とてもじゃないが耐えられない。

心の傷は、マシにはなっても完治はしてくれない。

それが分かっているからこそ、その危険性を孕む恋愛には悪印象が強く頭に刻まれた。強く、強く刻まれた。

押し入れに収納されたサンタの服は、あれから一度も見ていない。

◇
◆

恋愛を良く思わない価値観は、中学二年生になった後も続いていた。

恋愛なんて、得はない。

結婚にまで行きつかない恋愛なら、尚更《なおさら》時間の無駄だ。

中学生の交際なんて、どうせ大半は実らない。長く続いて二、三年。結婚まで続かないなら、その恋愛には意味がないというのが、私に芽生えた考え方。

だから、親しい友達にはよく言っていた。

「恋愛する人って、何考えてるんだろ」

それは私にとってはどこまでも純粋な言葉で、本当に他意はない。皆んな思春期ということもあり、多感な年齢。

私が恋愛事に興味がないのは両親のことが理由だったけど、それを知っている人は誰もいないので、皆んなは私を所謂《いわゆる》サバサバ系女子だと分類していた。

サバサバ系は、何故《なぜ》か恋愛相談を受ける機会が多くなる。

恋愛に興味はなくても友達のことは真剣に考えるようにしていて、それが周りにも伝わっているのだろうか。

「私全然恋愛なんてしてないのに、なんで話してくれるんでしょう」

私が疑問を口にすると、隣に座る美濃《みの》先輩がバッシュの靴紐《くつひも》を結びながら答えてくれた。

「恋愛に興味ない人は、口が堅いってイメージがあるんじゃないかな」

「そんなものですかねー」

体育館の匂いに包まれながら、私もバッシュの靴裏を擦《こす》る。

私はこうした何気ない会話に、毎度高揚しているのを感じていた。

噂《うわさ》では美濃先輩も、私と同じように恋愛に興味がないらしい。

美濃先輩は女バスに所属する一年生から二年生の、満場一致の憧れの先輩。そんな存在が私と同様の考えを持っていることに、大きな自信を貰《もら》っていた。

恋愛に興味のない私みたいな人は友達にいなくて、僅かながらも孤独感を覚え始めていたから、余計にこの時間が好きだった。

「志《し》乃《の》原《はら》さんは信頼されてるんじゃない？」

「そうですかね」

美濃先輩に言われると、素直に嬉《うれ》しい。

信頼されていることにも、悪い気はしない。だから興味がない恋愛話にも、今まで以上に積極的に聞こうと思えた。

「信頼されるのって、いいですね」

「そう？」

「え？」

肯定されると思っていたので、意外な気持ちになる。私は美濃先輩ほど周りから慕われている人を知らない。その美濃先輩本人が信頼されることに対して良く思っていないのなら、私の立場が無くなってしまう。

だから私は自分を肯定するために、ちょっとだけムキになった。

「絶対いいですよ！」

私が言うと、美濃先輩は目をぱちくりとさせる。

いつのまにか私は立ち上がっていて、慌てて隣に座り直した。

美濃先輩は、何十人もの部員を従えるこの女バスの主将だ。スタメンでもない一後輩である私が生意気な口をきくと、周りから反感を買いかねない。

でも美濃先輩は気にした様子もなく、私に訊《き》いてきた。

「なんで良いと思うの？」

「なんでって……だって、悪い気はしないです。私なら」

理由が考え付かず、そんな返事をしてしまう。

「そうなんだ。でも、私の考えはちょっと違うかな」

美濃先輩はバッシュの靴紐を結び終えると、一息ついた。

そしてステージ脇に設置されている引き出しに背中を預けて、天井を見上げる。私も美濃先輩に倣って視線を上に向けると、天井の梁《はり》にはバレーボールやバドミントンの羽根が挟まっていて、どうやったらあんな場所に引っ掛かるんだろうと思った。

「親しい人以外からの信頼は、必要ない。不特定多数から期待されると、身体《からだ》が重くなっちゃう」

そう言った美濃先輩は肩をクルクルと回して、疲労困憊《ひろうこんぱい》というジェスチャーをしてみせる。

「美濃先輩、皆んなから期待されてますもんね」

「そう見える？」

「はい、そりゃあもう」

私が頷《うなず》くと、美濃先輩は苦笑いしてそのまま天井を眺めた。何か返事があると思っていた私は、肩透かしを食らう。

そのまま無言の時間に耐えきれず、話題を切り替えることにした。

「そういえば、美濃先輩この前同級生から告白されたんですよね」

「そうね」

美濃先輩はあまり興味がなさそうに反応した。それよりも私のバッシュに興味を奪われたのか、綺麗《きれい》な顔を近付かせる。

「志乃原さん、これ新しいやつ？　カッコいいね」

「あ、そうなんですよ。お母さんに買ってもらって」

「へえ、いいわね。私も——」

そう言いかけて、美濃先輩はかぶりを振った。

「どうしたんですか？」

「なんでも。じゃ、練習始めよ」

美濃先輩はそう言うと、上体を振り子のように揺らしてから、立ち上がり様にジャンプした。そんなところから身体能力の高さを感じつつ、私も美濃先輩に付いていく。コートに入ると忽《たちま》ち三年生たちが美濃先輩に駆け寄って、私は何となく輪の中から離れた。

上級生ばかりの輪は、何となく居た堪《たま》れない気持ちになる。

――すごいなぁ。

美濃先輩はいつも誰かに囲まれている。私もいつかあんな風に、周りを引っ張り続ける存在になりたい。先輩に尊敬できる人がいるというのは、きっと恵まれていることだ。

「ねえ真由、美濃先輩と何話してたの？」

隣に来た友達が、私に問い掛ける。

「内緒ー」

「いいなー、美濃先輩と二人で喋《しゃべ》れるの」

自分でもそう思う。美濃先輩は綺麗な分どこか近寄りがたい雰囲気もあって、普通の後輩からしてみれば業務連絡で話し掛けるだけでもかなりの勇気を要する。

でも私は、恋愛に対する価値観の一致からか勝手に親近感を覚えていて、積極的に話し掛けることができた。

部内でも美濃先輩に沢山話し掛けられる後輩は私だけで、そのことが自分の中の誇りでもあった。

美濃先輩が率いるこの部は、私にとって刺激的な場所だった。

女バスには、苦楽を共にする友達が沢山いる。

今までの人生では感じることのできなかった独特な緊張感もあって、私はこれから此処《ここ》で何を学べるのか、楽しみで仕方なかった。

きっとこの先、新しい楽しさが私を待っているに違いない。

きっとこの先、新しい学びを齎《もたら》してくれるに違いない。

――でも女バスで得た教訓は、絆《きずな》とか、努力とかじゃない。

恋愛相談なんて受けるべきじゃないということ。

恋愛を知らないのは、生きづらいということ。

多人数の意見に合わせるのが、生きやすいということ。

そんな色んな経験を経て、高校に入学して少し経《た》った頃には、私の価値観はまた少しずつ変化していった。

◇
◆

——恋愛って、そんなに良いものなのかな。

高校生になってからも、素直に良いものだとは思えていない。

でも恋愛を知らないことで発生する生きづらさは顕著に現れていたから、否《いや》が応でも考えてしまう。

このまま何もしないと、友達の話についていくのがますます難しくなっていく。

恋バナがつまらないのは、私が一度も当事者になったことがないからだと分かっている。

恋愛をしない自分が異端だというのは、分かっている。

分かっているのに両親の事が脳裏に過《よぎ》り、行動に移せずいつまで経っても状況は改善しない。

赤べこみたいに首を縦に振りながら、早く終わらないかなと思いを馳《は》せる。

グループで話をしている時、自分の知らない話題の際は時間の流れがやたら遅い。この時間は最悪。まるで自分が普通じゃないと、誰かに言われ続けているような気がするから。

……このままじゃ嫌だ。

私は、楽しいことが好き。でも、恋愛を知らないせいで友達との会話が徐々につまらなくなっていく。日常が、次第に色褪《いろあ》せていく。カラフルだった景色が、モノクロに染まっていく。

私は恋愛自体に何かを求めているのではなく、恋愛によって齎《もたら》される付加価値が欲しかった。

恋愛の何に重きを置くかは人の価値観それぞれだけど、私が欲しいのは〝楽しい〟という気持ちだけ。

だって一度きりの人生、楽しさが多いに越したことはない。両親も常日頃から楽しさを求めていたのを思い出し、図らずも似た部分があることに少し嫌気が差したけど、これが私の在り方なんだから仕方ない。

——じゃあ、私が取るべき行動は。

周りと違うのが楽しさに欠ける要因なら、周りと同じになればいい。

そんな意識が芽生えてから、異性を意識した言動を心掛けた。

今まで無愛想だった態度を改善すると、男友達も沢山できた。この中に、私が好きになれる人がいるはずだ。

……でも、現実は甘くない。

好きになれそうな男子が一人もいなくて、私は一度も告白を受け入れることはなかった。

そうこうしていた高校二年生の夏、友達の優子《ゆうこ》から何度目かになる質問が飛んできた。

「ねー真由、恋愛したことないってほんと？　だからタツ先輩振ったの？」

「違うよー。まだ仲良くなってなかったから、怖くなっちゃっただけだもん」

「ええ、あんなに優しそうなのに？」

「男は狼《おおかみ》！　優子も気を抜くと彼氏さんにナニされるか……」

ふざけた口調で誤魔化《ごまか》す。こういう類の発言をしておけば、皆《み》んな笑って言及をやめる。

ある程度の貞操観念があるグループに身を置いていたから、生々しい性に関する話はまだどこか遠い話で、興味と怖さが入り混じっていた。

まだまだ女子に夢を抱いている男子が多いのが高校という環境。そしてそのことについて、興味より恐れの感情が強いのが今の私たち。

でも、その均衡が崩れるのは唐突だった。

私の返事を聞いた優子の顔は赤らんで、みんな顔を見合わせる。

「え？　ついに？」

私が訊くと、優子は顔を背けた。

「……こ、この話はやめようか！」

その一言で、周りの友達たちが次々と優子に質問していく。優子も照れながら、質問に答えていく。

皆んなの天秤《てんびん》が、怖さから興味へと傾いていく。

私の天秤は動かない。

ああ、また置いて行かれる。

仲の良い友達たちが、違う世界に進んでいく。私の知らない、大人の世界。未《いま》だに彼氏がほしいと思ったことがない。未《いま》だにまともな恋をしていない。

でも、自分だけが知らない世界があることへの焦りだけは膨れ上がっていた。

このまま私は、皆んなと違う道を進んでいくのだろうか。勿論《もちろん》、それを良しとする価値観ならば問題ない。

でも私は、皆んなと同じような人並みの幸せを求めてしまう。私が思う人並みの幸せには恋愛も含まれていて、だから余計に焦るのだ。

恋愛に興味がないくせに、恋愛をしなければいけないという強迫観念だけは育っている。

両親に影響を受けた『楽しい時間を増やす』という価値観が、結果的に私を苦しめている。

本末転倒だと自覚しているのに、諦めきれない。

誰かに、私の築き上げた価値観を壊してほしい。

「誰か、良い人いないかな」

自宅で口から漏れ出た言葉は、毎日のように耳にする、ありふれたもの。でも、私の口から出たのはきっとこれが初めてだった。

勿論、意味はちょっとばかり違うと思うけど。

皆んなの言う良い人は、自分で形成したハードルを越えてくれる人。期待通りの人。

私にとっての良い人は——

◇◆

受験はそこそこ頑張って、名の通った大学に進学した。

最後の学生生活を謳歌《おうか》する上で、これ以上の環境はない。

此処では、やりたいことが沢山ある。

勉強がしたい。もう一度部活に入りたい。色んな人と知り合って、色んな価値観を吸収して。それから——それから、恋をしてみたい。恋人を作って、カップルらしいことをしてみたい。

だから、友達には内緒で一、二年生の合同キャンプへ参加した。友達と固まっていたら、きっと今まで通りになる。

きっとこの大学生活で恋ができなければ、もう機会はやってこないと思う。だから華の大学生活の象徴《しょうちょう》である合同キャンプは、いつも以上に気合を入れた。

恋は唐突に始まると人は言うけれど、それは何度目の恋のこと？　一度も恋をしたことのない私に、きっとその言葉は当て嵌《は》まらない。〝一度も彼氏ができたことがない〟とは、訳が違うんだから。

このキャンプが、最初で最後のチャンス。そういう心持ちで臨まないと。

だから私は同性の輪にもあえて入らず、待った。異性が声を掛けてくるのを。こんなことまでするなんて、私はきっと普通の人と倫理観がズレている。でも私は普通にしていたら恋ができないんだから、変わったことをしなくちゃダメなんだ。

「君、一人？」

——きた。

底抜けな明るい声に反応して、私は顔を上げた。

自分でいうのも何だけど、私は可愛《かわい》い。素材に恵まれていることにあぐらをかかず、メイクだって、オシャレだって頑張っている。

だから今までに異性に声を掛けられる機会は一度や二度じゃなかったし、告白だって何回もされた。相手を好きになった自分の姿を想像できなくて、全部振ってしまっていたけれど。

でも次に告白されたら、相手が誰であれ付き合ってみよう。私はそう考えていた。

「一人です。名前、志乃原真由っていいます」

立ち上がり様にそう言うと、ウルフカットでキメている青年は嬉《うれ》しそうにはにかんだ。

「いや、いきなり自己紹介してくるとか面白いな！　俺元坂遊動《もとさかゆうどう》、どうこれから、俺らのグループに混ざってみない？」

軽い口調で、遊びたいという欲が表情に出ているけど、顔は整っているし女子ウケも悪くなさそうだ。

私は恋愛に対していつも俯瞰《ふかん》的な目線を持ってしまうためか、遊動先輩の雰囲気に飲まれることはなかった。

イケメンに分類される顔を持ち合わせているからか、彼が自分に自信があることはすぐに伝わってきた。発言を大きな声で繰り返すのもそのせいだろう。でも、場を盛り上げるという面では彼のような存在はとても助かる。

彼は、きっと知らない人同士で集まるグループにいてくれると心強い存在だ。そういう立ち位置に自ら望んで行くのだから、きっと遊動先輩は私の知らない世界を沢山、沢山知っている。

自己肯定感の高い人は、見ていて気持ちが良い。一緒にいるだけでマイナスな発言しかしない人よりは、余程楽しい時間になる。

合同キャンプという非日常的なイベントは、私と遊動先輩の距離を急速に縮めた。縮まったというよりも、遊動先輩のアピールが露骨になって、それを私が拒んでいないという状態。

百人以上の団体で山の一帯を貸し切った非日常感が、私たち学生の気を大きくさせる。

キャンプは三泊四日。

私が遊動先輩に素を見せることはなかったけれど、それなりに楽しい時間が過ぎていく。

そして最終日の夜、ついに私は遊動先輩にコテージのベランダに呼び出された。

「真由ちゃんってさ、今彼氏いるの？」

「いませんよ。いたら私、多分ここにいないですから」

私はそう返事をして、室内に視線を送る。

コテージの中には大量のクーラーボックスが並び置かれていて、数人の学生が酔い覚ましに寝転んでいた。

山の麓に位置するコテージは全て貸し切ってあり、私たちがいるコテージはお酒の保管所。

浴槽に溜《た》められた冷水には、クーラーボックスに入りきらなかった缶ビールや酎ハイが何十本も浮かんでいる。

「飲み足りない？」

私の視線に気が付いた遊動先輩が、何かを期待したように問い掛ける。

「いえ、私未成年なんで」

「はは、真面目か」

違いますよ、と心の中で返事をする。

別にお酒くらい、未成年で飲むのはどこの大学でも散見されることだから大した抵抗はない。

未成年飲酒で取り沙汰されるのは芸能人くらいのもので、私も場合によっては飲酒してもいいという心持ちでこのキャンプに参加した。みんなでお酒を持って語り合う、そんな光景に元々憧れがあった。

でも目の前に広がる光景は、用意されたダンボールに反吐《へど》を吐いたり、その口を水で濯《すす》がないまま再びお酒を飲み始めて、また吐いたり。一気飲みを罰ゲームにした遊びで、騒ぐだけ。私の思っていた飲酒と現状はあまりにも乖離《かいり》していて、この場で飲む気にはなれない。そのことを察したのか、遊動先輩は口角を上げる。

「俺は無茶《むちゃ》な飲ませ方はしないよ」

「……私、お酒弱い家系なんですよね」

「じゃあ踊りに行く？　ＤＪの機材持ってきてる先輩が、向かいのコテージで楽しいことしてるみたい」

「遠慮しておきます」

私の冷たい声色に、遊動先輩は戸惑ったように首を傾《かし》げた。

この三日間、今みたいな態度をとったことはなかったから当然だ。私は当初の目的を思い出して、無理やり笑みをつくる。

「それで、遊動先輩。話ってなんですか？」

「真由ちゃん、無理に笑ってない？」

遊動先輩の一言で、私は思わず表情を硬くした。

この三日間で分かったことだけど、遊動先輩は軽薄なノリとは裏腹に、人の表情をよく見ている。二日目の時に酔い潰れていた遊動先輩は粗相以外の何物でもなかったものの、シラフの時を見ていると周りの女子から熱い視線を浴びているのもある程度納得がいく。

「たまに、無理に笑ってます」

初めて打ち明けた、私の本音。

友達に言うことはできない。親にだって言いたくない。だというのに遊動先輩に言うことができたのは、知り合ってから間もないから。そして私もまた、このキャンプの雰囲気に少なからずあてられていたから。

遊動先輩は僅かに頬《ほお》を緩めた後、高めの鼻をこする。

「続き。聞かせて」

何か返事が欲しかった訳ではないので、億劫《おっくう》な気持ちになる。でも先に流れを作ってしまったのは私だし、それくらいは答えるのが義理かもしれない。

「私、仲良い友達はいても、愛想笑いすることが多いんです。愛想笑い自体は、皆《み》んなするかもしれないですけど……その頻度が、多分普通の人より多いんですよね」

「へえ。それってなんでだと思う？」

「恋人がいないからかもしれないな、と考えてます」

人と違う状態では、話に共感するのも難しい。だから私は普通の人になるために、このキャンプに参加している。そして目的の達成は、すぐそこまで来ている。

「真由ちゃんって今までに何人と付き合ったの？」

「……いません」

「なんと」

驚いた声色に、私は少し俯《うつむ》いた。今までに恋人がいないというだけでこの反応なら、恋をしたことがないなんて言ったらどうなるんだろう。

「そっか、だからか。うん、じゃあその悩みってすぐに解決できるじゃん」

遊動先輩は私に向き合って、にっこり笑う。

先程の予感は、どうやら的中したみたいだ。

「真由ちゃん、付き合ってよ」

生涯受けた告白の中で、最も軽い口調。

彼はそのフレーズを、余程言い慣れているに違いない。

まだデートもしてないのに、相手を好きかなんて分かるんですか？　そう訊《き》きたかったけど、やめた。

「いいですよ」

人によっては大切にするであろう告白をこの調子ですることは、予想通り恋愛経験は豊富なのだろう。

——恋人らしいことを、してみたい。

私も、皆んなと同じように。この人ならリードしてくれるだろう。恋愛に興味がない私にも、きっと色々と教えてくれる。

そう思って、初めて告白を了承した。

この返事に遊動先輩は喜んでくれるかな、と殊勝なことを思った自分に内心驚きつつ、控えめに視線を上に向かせる。

遊動先輩にとっては予想通りの回答だったようで、大きな反応を見ることはできなかった。

視界の隅で輝く星屑《ほしくず》のカーテンは、揺れ動かない。

◇
◆

付き合い始めてから、デートを何回も重ねた。

遊動先輩の選ぶデートコースはセンスが良く、私の中の〝恋人らしい〟基準は満たしていて、デートの度に新鮮な気持ちになれた。

異性と二人で遊びにいくと、良いことが沢山ある。カップル料金で安くなる施設があったり、何となく入りづらかったラーメン屋には足繁《あししげ》く通えるようになったり。カップル向けのイベントはネットで検索するとわんさか出てきて、交際を始めなければできなかった経験を重ねていった。

遊動先輩自身にも女子をリードする力があって、デート自体に退屈することは殆《ほとん》どない。

皆んなきっとこういうところに行って楽しんでるのかと、周りの心情に追いつけた気がして嬉しかった。

でも、そのデートにはいつも一つ億劫なことがある。

「ねえ、真由」

「はい？」

「今日も俺ん家《ち》来ないの？」

デートの終わり際に、遊動先輩が私を家に誘う。

子供じゃないんだから、その誘いが何を意味するのかは分かる。恋人同士なんだから、当然そういうこともいつかはするようになるのだろう。

分かっている。それは彼女になった時点からある程度の覚悟はしていて、その世界もいつかは知りたいと思っていた。

でもいざするとなると、足がすくむ。

すること自体が怖いというのもあるけれど、それ以外の理由もあった。一度したら、きっとその後はどんどんすることに対してのハードルは低くなる。いつかは当たり前のように、日常的に身体《からだ》を重ねるようになる。付き合ってから、約三ヶ月。まだ早いんじゃないかという思いと、そもそもこの人と身体を重ねることへの違和感が頭にあった。

恋人らしいことって、大学生にもなれば身体を重ねることだって含まれる。私の求めていたものに内包されているはずの行為に、何故《なぜ》か気後れしてしまう。

私と遊動先輩は、一度短時間手を繋《つな》いだだけ。それ以降は何となく触れられるのが嫌で、のらりくらりとボディタッチを避けていた。私に、恋人への理想なんてなかったはずなのに。

私は、自分が好き。

だからこそ、自分より好きじゃない人に身体を預けてしまってもいいのだろうかと考えてしまう。でも、そんなことを考えていたら、きっといつまで経《た》ってもその機会は訪れない。いつまで経っても、大人になれない。皆んなに、追いつけない。

「来ないの？」

「……はい。まだ、ちょっと」

誘いを断ったのは、これで何度目かも分からない。遊動先輩も初めのうちは笑っていたけど、最近は僅かにいらだった心が伝わってくる。

「なあ、真由。自分を変えたいんだろ？」

「はい。遊動先輩が彼氏になってくれて、嬉《うれ》しい気持ちは本当です。おかげで、普通になれたんで」

「じゃあそろそろ良くない？」

デートの終わり際にはいつも自宅に誘われていたけれど、不機嫌を露《あら》わにされたのは初めてだった。

最近デート終わりに彼の口数が少なくなっていたのは、他のことを考えていたからだろう。予約されている飲食店が、いつもホテルと近距離ということには私も気付いている。

「遊動先輩って、なんで私に告白してくれたんですか？」

「付き合ったら楽しそうだから」

「まあ、そうですよね」

大学生にもなれば、男女の交際に好きという気持ちは後から付いてくるものと解釈する層もでてくる。そしてきっと、社会人になればその層は増えていく。自分の中にあるハードルをある程度越えてくる人ならば、異性を拒否しない人だって、絶対にいる。やることをやってから付き合う人だっている。自分の中にあるハードルをある程度越え

私ももしかしたらその人種かもしれないと思っていたけれど。

「そろそろ行こうぜ」

遊動先輩が、私の頭を優しく撫《な》でる。

「いやっ」

思わず、遊動先輩から遠のいた。頭頂部に纏《まと》わりついた感覚は、違和感などではなく、不快感と表すべきものだった。

「は、なんで？」

「その、まだ早いっていうか」

苦しい言い訳だと自覚している。頭を撫でるくらいのことは、きっとどの恋人もすることで。手を繋ぐ次くらいに設置されているこのハードルは、数ヶ月も経ったら皆んな簡単に越えていくはず。

こんな拒否の仕方が、彼女の態度ではないことは自覚している。でも、だからこそ遊動先輩と付き合ってハッキリと分かった。

私は意外と、気持ちを大事にした恋愛がしたいらしい。今まで恋愛に興味がなかったくせに、恋人らしいことがしたいという心持ちだけで付き合ったくせに。私は間違いなく、一丁前に純愛を望んでいる。

「……すみません、遊動先輩」

「謝んないでよ。なんか情けなくなる」

遊動先輩は今度こそはっきりと顔を顰《しか》めて、小さく舌打ちをした。プライドを傷付けてしまった罪悪感から、再度頭を下げる。

私が思わせぶりな態度を取って、告白を受けて、でも何か違うからなんて曖昧な理由でボディタッチは受け入れない。我ながら酷《ひど》い話だ。

「すみません」

また謝ってしまって、思わず口に手を当てる。

その仕草に何を思ったのか、遊動先輩は口を歪《ゆが》めた。

「そんなあざとい態度ばっかりしておいてさ、そりゃないぜ」

「え？」

私は間抜けな声を漏らして、顔を上げる。遊動先輩はワックスで固めた前髪を整えながら、不満げな表情を浮かべている。

「詐欺もいいとこだっつーの。日頃から、上目遣いとか色々さあ」

言葉の意味が一瞬理解できず、目を瞬かせる。

――勘違いだ。

私にとって上目遣いは、勿論《もちろん》意識すれば訳ないことだけど、逆に意識しなければできない。同性の友達にノリで上目遣いをする機会はあっても、異性にはしないように意識していた。恋人を作る気がないのにそんな行動をしていたらそれこそ詐欺に違いないけど、私は遊動先輩にも可愛《かわい》いと思われすぎないように努めていた。

だって私、まだ遊動先輩を本気で恋人として好きになれていない。それどころか、最近は人として好きかどうかも微妙な位置に立っているような存在。

でも遊動先輩は、そんな私の思考を察することなく無遠慮に言葉を並べていく。

「お前は意識してないのかもしれないけど、そーいうのはこっちがどう思うかだから。ほんと詐欺」

付き合っている理由は、恋人らしいことがしたいから。

そんな状況下にも拘《かかわ》らず、遊動先輩の発言はショックだった。理由はどうあれ、私の初めての彼氏なのに。

安易な理由で彼氏を作った私に対する、神様からの罰なのだろうか。でも神様、仮にそうなら余計な試練を与えたあなたの責任も大きいでしょ。私に人と違う価値観を植え付けるような環境を作った、あなたの責任が。

そんな思考が脳裏に過《よぎ》ると、そこからは今の状況を不満に思わずにはいられなかった。

何で私だけ普通に恋愛ができないの。両親が離婚して、価値観が変わったから？

私は、その価値観を変えたいともがいている。

でも、過程はどうあれ自分本位の考えで交際を始めるのはいけないことなのだろう。自己中心的な理由に、第三者を巻き込んだ。私も無意識に両親と同じことをしていて、思わず自嘲的に笑う。

「私のどこが好きなんですか？」

ずっと気になっていた。遊動先輩は、デートの度に楽しませてくれる。でもいつも、何かを品定めされるような感覚に陥っていた。

「顔」

遊動先輩はそう言うと、口を噤《つぐ》む。続きがあると思っていた私は肩透かしを食らって、思わず彼を凝視した。

「それだけですか？」

「今はな。俺、顔から好きになって、次に性格見るタイプなんだけどさ」

遊動先輩はそれから一息ついて、私に言った。

「でももう正直、それだけじゃきつい時期まできてるよ俺ら」

「そう……ですか」

私は外見を磨くために努力している。だから努力してる外見を好いてくれるのは嬉しい。

でも答えがそれだけでは哀《かな》しいだなんてこと、すぐに思い至るはずだ。

遊動先輩だって曲がりなりにも女子にモテるのだから、それは絶対分かっている。

「さっきの普通になれたって言葉は流したけどさ。普通になりたいから恋愛したいって思考回路がもうズレてんだよ。お前、最初からズレてる。キャンプの出発の時から思ってたけどさ」

遊動先輩は再び無遠慮に言葉を並べていく。きっとこれが、彼の本音だったのだろう。

私が心を許している訳ではなかったように、彼もまた私に本音を隠していた。

俯瞰《ふかん》すれば至極当然のことでも、当事者になれば一丁前にショックだけは受けるのだから、私の脳みそはどうかしていると思う。

「好きだからっていう感情が全てだった年齢はな、とっくに終わってんだよ。男の付き合いたいっていう気持ちには、色欲だったり世間体だったり、そんな要素が沢山入り混じってんだ。女だって要素の比率こそ違うだろうけど、ほぼ同じだろ」

「そういう恋愛も、あると思います。でも、私は――」

「俺らもう大学生だぞ。いつまでガキみたいなこと言ってんだ」

怒気を孕《はら》んだ声色だった。きっと彼は、わざと感情を露わにしているのだろう。私が謝るのを待って、優位性を持った関係に再構築しようとしている。確証なんてないけれど、そんな気がした。

でも今回の件は、私が蒔《ま》いた種。遊動先輩は発言や態度こそ不快なものだけど、的を射ている主張も、恐らくはある。元を辿《たど》れば遊動先輩は、私の身勝手な恋をしたいという願いに巻き込まれた被害者でもある。

そんなこと、頭では理解している。

だけど、私はそこで黙っていられるほどお淑《しと》やかな性格じゃなかった。

「調子乗りすぎなんですけど」

「え？」

遊動先輩は面食らったように反応した。先に攻撃的な言葉に浴びせてきたのは彼なのに、言い返される可能性は考慮していなかったらしい。

「今まで出会ってきた女性がどうかは知りません。遊動先輩の周りの人間がどういう人たちなのか、私は知りません。遊動先輩の周りにはそういう人たちが多いのかもしれませんけど」

人によって、身を置く環境は違う。それなのに周りと意見が合致するからという理由だけで、どうして自分が正だと声を大にして言えるのだろう。

「私は違うんです。私は、自分を大切にしてるんです。私は、私が大好きなので。であれば、自分の好きじゃない人に触れられたくないのは自然なことですよね」

開き直った発言と捉えられるかもしれない。

だけど私は、今決めた。

私が私らしくいられる場所じゃないと、私はそこに行ってなんてやらない。少なくとも恋人関係になるような人との時間は、自分らしくいたい。

言いたいことを言い切ると、遊動先輩は「そんなつもりじゃ」とか弁解を重ねた後、すぐに謝罪をしてきた。

私のことを好きだから謝るというより、今別れたら割に合わないから謝るというような、悔し紛れの言葉に聞こえた。

──惨めだな、私。

今までの自分の行動を思い返して、心底思う。

私はまた幻から覚めていた。

今まで恋をしてこなかった人が、初対面で相性の良くない人といきなり付き合って、気持ちが追いつくはずがない。

でも、もう決めたんだ。

私が私らしくいられる場所を、絶対見つけてやるんだ。

まずは今ある環境を自分らしくいられる場所へと変えることから始めようと思う。

それがきっと、私の幸せに繋《つな》がるはずだと信じて。

「クリスマスイブ、お店予約しておきますね」

私の言葉に、遊動先輩は戸惑いの表情を浮かべる。

一週間後に来るクリスマスイブは、世間のカップルが盛り上がる日。この誘いに、悪い気がする彼氏はいないだろう。

遊動先輩も私の誘いで気分を切り替えることにしたのか、一度深呼吸をして、やがて口を開いた。

「ああ、勿論。真由に、絶対惚《ほ》れてもらうから」

……返事だけは一丁前。

既に気持ちは冷め切っていたけれど。

爽やかな笑顔に、私もはにかんで応えてあげた。

◇◆

「――え？」

友達の知らせで、インスタのアカウントを探した。

先程遊動先輩が投稿した写真に、見知らぬ女性が映っている。それくらいなら気に留めないけど、友達が言うにはその女性のアカウントを見てほしいとのことだった。

遊動先輩の隣で、缶酎ハイを片手にウインクしている女性。写真をタップすると、その女性のアカウントに飛ぶことができた。

過去の投稿一覧は買い物をしてきた物の紹介や、旅行の写真ばかり。一見変なところはなかったけど、何となくアイコンをタップしてストーリーを確認する。ストーリーは二十四時間で消去される、投稿とはまた違う機能。

永続的に残る投稿とは別に、ストーリー機能は何気ない日常を発信する際に使用することが多い。

そんなストーリーを覗《のぞ》いてみて、私はスマホに走らせていた指を止めた。

『三回目のユニシーランド！　遊動君、この二日間ありがとう♬』

写真には昨日の日付が記載されたチケットが、ご丁寧に添付されている。遊動先輩から今週は実家へ帰ると連絡があった時点で何となく感じるものはあったけど、こうも詰めが甘いなんて。

浮気されたこともムカつくが、それ以上にバレるくらい間抜けで杜撰《ずさん》な手際に腹が立った。

　友達にお礼のラインを送った後、迷わず遊動先輩に電話をする。付き合ってから電話を何度かしたけど、コール音がここまで無機質に聞こえるのは初めてだった。

『もしもーし』

　僅かに弾んだ声色で、返事があった。私から電話を掛けることは珍しい。嬉《うれ》しそうな様子に私は口元を歪《ゆが》める。

　浮気をしている割には、まだ私のことを好いているらしい。

「遊動先輩、まだ私の好きなところって顔だけですか？」

『いや、今は結構全部好きだよ！』

「そうですか。遊動先輩、浮気しました？」

　私が怜悧《れいり》な声色でそう訊《き》くと、電話先から『えっなんで？』と返事があった。

　別に遊動先輩のことなんて分かりたくもないけど、その態度で察しが付く。

『いや、いやいや何それ。俺今週帰省してるって』

「由季《ゆき》さんとのテーマパークデート、楽しかったですか？」

　お泊りもしてたみたいですけど、という言葉は伏せておく。本人も今しがたの質問で観念するはずだ。

でも予想に反して、遊動先輩の理解は追いついていないようだった。

『なんで由季の名前が出てくんの？　てか、なんで由季のこと知ってんの？』

「由季さんのインスタ、ストーリー更新されてましたよ。ちゃんと口止めしなかったんですか？」

その言葉でやっと理解が及んだのか、数秒の沈黙が降りる。電話先から聞こえる僅かな吐息の音が、ただただ不快に感じる。

『……その必要はないと思ってた』

「はい？」

私は耳を疑った。この期に及んで何を言い出しているのだろうか。

『確かにテーマパークに遊びに行ったけど、ほんとに遊んだだけだ』

「お泊りもしてですか？」

自分で言った後に、しまったと唇を噛《か》む。私がそこまで把握しているのを彼は知らなかったはずだ。

日帰りだったと弁解した際に言った方が、きっと効果は大きかった。

今回の詰めは甘かったけど、普段から遊動先輩は機転が利く。それはデートの段取りや日頃の会話の中からも分かっていたこと。お酒が入るとその能力は著しく落ちて、自分のことしか考えないような会話を展開させていくけど、今は彼もシラフのはずだ。

『二日連続遊んだだけで、一緒に泊まってない。泊まるわけないだろ、真由がいるのに』

「由季さんが載せてる写真に、ホテルのレシート映ってますけど」

『はっ？』

短い声が漏れて、また沈黙が訪れる。

分かりやすい人だと、心の中で溜息《ためいき》を吐《つ》いた。

「カマかけただけですよ。でも、今の反応で分かりました」

『……そ、そんな無理やり決めつけんなって！　俺は浮気してねえよ！』

「真実はどうあれです。私は由季さんのインスタを見て、浮気されてると感じました。遊動先輩の基準は関係ないです」

『いや、だってどう考えてもキスもしてないのに――』

「私がどう感じるかが全てですよ」

『それにしても、限度があるだろ！』

遊動先輩はそう言ってから、捲《まく》し立《た》てるように続けた。

『夫婦だって、性交渉の機会が失われることが離婚の理由として認められてるんだ。俺らも関係性は違っても、真由にもある程度の落ち度はあるんじゃないのか』

「もういいです」

本当に、もういい。遊動先輩にも自分なりの理論があるのかもしれないけれど、私とは価値観が違いすぎる。

この人と一緒にいても、私が私らしくいられる日はきっと来ない。

これ以上は、お互いに時間を無駄にするだけだ。

『……分かった、でももうちょっと待って。まだ、もうワンチャンスだけ』

「……好きにしたらいいんじゃないですか。ただ、この関係は多分すぐに終わりますよ」

『今は、それでいい。……でも、イブはどうするんだ。店取ってくれてただろ』

「キャンセルしておきます。さすがにちょっと、そういう気分にはなれないので」

『だ、だよな。じゃあ、その。またな』

遠慮がちな言葉の後、電話がプツリと切れる。

遊動先輩が私の別れ文句を止めた理由はきっと私に別れを告げられるのを恐れたからだろう。

それは私のことが好きだから、なんて理由ではなく彼のプライドによるものだ。

以前「俺は彼女が途切れたことがない」と言っていたから、きっと今の私は繋ぎの状態なんだろう。自分に彼女候補ができるまで、別れられたら困るという訳だ。

嫌悪感しかないこの理論を分かっていながらそれを止めなかったのは、私にも都合が良かったから。

……仕返しがしてやりたい。

やられっぱなしで終わるなんて、性に合わない。

最後くらい私らしく、この関係を終わらせたい。

私らしさが〝仕返し〟だなんて、人間性を疑われかねないことだけど。でも今日から始めなければ、私は今後自分らしさを見失ってしまう。

泥臭い再スタートだけど、変わるならば今日からだ。

――そうだ、バイトでもしてみようか。

サロンモデルの仕事も軌道に乗ってお金は充分足りているけど、今までと違うベクトルからの刺激が貰《もら》えるかもしれない。

求人票を眺めていると、ある会社に目が留まる。

『クリスマスシーズンを、貴女《あなた》のサンタコスで彩りましょう』

他の求人票と比較し、明らかに浮いている。

写真に映っているのはカップルばかり。そして、華やかなサンタのコスプレ。仕事内容は装飾の手伝いや、パーティの案内、ビラ配り。

明らかに露出の多い服装にも、不思議と抵抗感はない。

これも、ズレてる思考回路なんだろう。普通の女子なら、こういうバイトに目を惹《ひ》かれることはないのだろう。

でも私が私らしくいる場所を見つけるためには、普通じゃないことを隠しちゃダメだと、これだけは自信を持って言える。

それに、何の因果か今はクリスマスシーズン。

お母さんも、お父さんも——私を楽しませるために、全力でクリスマスを盛り上げてくれた。サンタに扮《ふん》して、私を喜ばせてくれた。あの気持ちだけは、本物だった。

……ここから始めてみようかな。

ちょっぴり恥ずかしい格好だけど、クリスマス気分を皆《み》んなに分け与えることはやり甲《が》斐《い》もありそうだ。

「クリスマスの幸せも、お裾分けしてもらいたいし」

ぽつりと呟《つぶや》いて、スマホを手に取る。

指を走らせながら考えた。

クリスマスの象徴に身を包めば、少しは恋に恵まれるだろうか。下らない、稚拙な願掛けかもしれないけれど。

「私もプレゼント、貰《もら》いたいな」

求人に応募しながら、ささやかに願う。

……良い人に、巡り会えますように。

私にとっての良い人は――私らしさを、受け入れてくれる人。

◇◆◇◆

今私の隣には、先輩がいる。

仮交際中の先輩は、いつもと殆《ほとん》ど変わらない態度で、私に接してくる。

だから私は、先輩が好きだ。だって仮交際中も同じような対応だということは、関係性が変わっても、先輩はこのままでいてくれるという証明。私が私でいられる場所は、関係性の変化に拘《かかわ》らず保ち続けるものだと信じられる。

それをずっと確かめたかったから、確認できただけで仮交際の意味はあった。

先輩と出逢《であ》ってから半年が経《た》とうとしている。

最近は特に、先輩と出逢う以前のことは遠い昔のように感じる。それくらい私にとってこの半年間は濃く、充実していた。横でチュロスをまじまじと眺めている先輩は同意してくれないかもしれないけど、私は先輩のおかげで毎日とっても楽しい。

　ありのままの自分を、丸ごと受け入れてくれる存在。先輩との会話では、高校の時みたいについて行けなくなることはない。それは私が多少大人に近付いたということもあるだろうけど、先輩の性格にも起因している。

　先輩は恋を知らない私を軽くいじってくるけれど、私が言われて嫌なことは決して口にしない。それが私にとって絶妙な塩梅《あんばい》になっていて、先輩との会話はとても心地が良い。

——恋、できてるのかな。

　先輩は決して、自分から私と恋人関係になろうとしない。私に手を出そうとしてこない。お酒の入った状態で一夜を共にしても手を出されなかったのだから、先輩が私と仲良くするのは、遊動先輩みたいな理由じゃない。

　先輩が私に独占欲を見せたことなんてないし、それはそれで釈然としないのだけど、だからこそ私は安心して自分を出せている面もある。

　そして先輩もそんな私に呼応するみたいに、素の自分を沢山曝《さら》け出してくれる。

　恋に対して周りと隔たった感覚を覚える私を、優しい言葉を掛ける訳でもないのに、受け入れてくれている。先輩は人を好きになる時、世間体なんかより、自分の気持ちのみを信じている。だから、そんな先輩に好かれているということが余計に嬉《うれ》しいのだ。

これが恋だという自覚は、今までなかったけど。

「でも私も好きなことには変わりないですよ、先輩」

「うっせ」

先輩はこちらを見ないまま、チュロスを口に咥《くわ》えて食べる。

こんな何気ない動作を愛《いと》しく感じるくらいには、この空間が好き。

私が人として先輩を好いていることは間違いない。これからこの好きという純粋な気持ちがどこに発展していこうとしているのか、私には分かる気がする。

——それも、いずれ確かめようと思う。

現状維持も、今に満足しているなら良い考え方といえるのかもしれない。でも、私はそんな考えで停滞していたら、いずれ後悔すると思ってしまう。

幸福が無くなる時は突然だと、私はもう知っているから。

この関係を大切にしたいからこそ、私は行動に移すんだ。

やっと出会えた運命の人かもしれないから……なんて言ったら、先輩はどんな顔するかな。

第9話　観覧車は廻り続ける

「いやー、楽しみましたね」

日が落ち始めた時、志乃原《しのはら》は身体《からだ》をぐんと伸ばしながら言った。

「だな、久しぶりに来たらすげえ良い」

俺もそう返して、肩をポキポキと鳴らす。どうやら一日の疲労が、随分と早い時間に訪れたようだ。

電車で数十分移動した先に存在する遊園地『ぽーらんど』。大手テーマパークの規模には敵《かな》わないものの、全国でも一定の知名度を得ていることもあり、若者に人気のスポットだ。俺自身、礼奈《れいな》と付き合っていた時に何度か訪れたことがある。

メリーゴーラウンドやコーヒーカップ、マスコットのダンスショーなどを楽しんでいると、あっという間に数時間経《た》ってしまった。

今は最後のお楽しみにとっておいた、一番人気の観覧車への列に並んでいる。

「遊園地で食べるチュロスの美味《おい》しさって凄《すご》くないですか？」

志乃原は自分のチュロスをまじまじと見ながら、感心したように言った。

「確かに。俺は遊園地くらいでしか食べないけど、逆にいえば遊園地に来たら絶対食べる」

「ですよねー。先輩、交換しましょうか」

志乃原は片手に持っているプレーン味のチュロスをこちらに差し出す。

俺は一瞬逡巡《しゅんじゅん》したが、今は曲がりなりにも仮交際中だ。仕方なくココア味のチュロスを渡そうと手を伸ばす。

すると、志乃原が目を輝かせた。

嫌な予感がしたが時すでに遅し。

俺のチュロスは、志乃原の小さな口に覆われていた。そして思っていたより深く口に含まれており、俺はチュロスを引っこ抜く。

「ふぼべっ」

聞いたことのない擬音とともに、チュロスが生還する。だが案の定——

「ちょっ、恥ずかしい！」

志乃原はそう言って、再度俺のチュロスに齧《かじ》り付いた。

……生還というよりは瀕死《ひんし》状態のチュロスだったので、このままひとおもいに食べてもらった方が報われるだろう。

その代わりに志乃原のチュロスも同じ分だけ食べてやろうと目論《もくろ》んでいると、俺の手からチュロスが引っこ抜かれた。

「あっ、てめえ！」

「ひぇんぱいおくちわるい」

口を悪くさせる方が悪いと思うが、どうだろう。

志乃原はジト目でこちらを見てくるが、俺も負けじと見つめ続ける。

すると志乃原は不意に瞼《まぶた》を閉じた。

「ひゃい」

「…………なんだそれ、おい」

いや、本当は見れば分かる。

所謂《いわゆる》バカップルに散見される行為。ポッキーゲームならぬ、チュロスゲームだ。

「……そのまま目閉じてろ」

「ふぇ？」

俺の言葉に、志乃原がピクリと反応する。

「いいから閉じてろって」

「えっ、え？」

続けて念押しすると、志乃原は狼狽《ろうばい》しながらもギュッと瞼に力を込めている。

目を開ける前にと、俺は素早く志乃原の口から伸びているチュロスを半分に千切り、口に放った。仄《ほの》かな甘味《あまみ》が口内に広がっていく。

「んー、やっぱココア味が正義」

「…………先輩」

「んだよ」

「ひ、ひとでなし‼　女の子を弄んで、もて、もてあそ」

「お前がいつもやってることだろ、何を今更」

「ここまで過激なことはたまにしかやらないんですけど⁉」

「やってんじゃねーか！」

俺が抗議すると、後ろから「次のお客様ー」という声が聞こえた。観覧車の方へ振り返ると、もうすぐ順番が回ってきそうだ。

「行くぞ、もうすぐ俺らの番だ」

「遊ばれた遊ばれた遊ばれた！」

「怖《こえ》えよ、悪かったって！」

一応謝りながら、地団駄を踏む志乃原の手を引いて歩を進める。

手を引いて、というよりは腕を摑《つか》んで、という表現の方が正しいかもしれない。

志乃原は俺に引きずられるように付いてきながら、怨念のような言葉をブツブツと唱えている。

軽く恐怖を感じながら、スタッフの導くままゴンドラへ乗り込んだ。

二人で乗り込んだ瞬間、後ろでドアが閉まる。

俺にとっては、本当に久しぶりの観覧車だった。

「先輩と二人きりだ！　変態と二人きりだ！」

「いいから座れ！」

志乃原は頰《ほお》をぷくーっと膨らませてから、俺の向かい席へ乱雑に腰を下ろす。徐々にスタッフが遠くなり、視界が広がっていく。

眼下には遊園地が広がり、上部へいくにつれて景色が壮大になっていく。予想以上の景色。それもそのはず、『ぽーらんど』の目玉はジェットコースターではなくこの観覧車なのだ。

観覧車のゴンドラ内は閉塞的だが、同時にロマンチックな空間だ。

カップルで談笑しながら景色を楽しむのが、理想的な乗り方といえるだろう。勿論《もちろん》決してそれだけが観覧車の楽しみ方ではないのだが、誰もが一度憧れるシチュエーションだということは間違いない。

……その場の雰囲気を、自分が操れるならという条件付きでだが。

この観覧車は一周回り切るのに十五分程度掛かるため、微妙な雰囲気になると相当苦悶《くもん》の時間になることだろう。

ふと、数ヶ月前の記憶が蘇《よみがえ》る。

礼奈と乗った時は、会話に困ることはなかった。

普段よりも少し盛り上がった雰囲気で喋《しゃべ》り、そして頂上で——

甘い記憶を湧き上がらせようとした自分の頭を、ゴチンと殴った。

そんな俺の様子に、志乃原がギョッとしたように上体を引いていた。

「そ、そこまで反省しなくても大丈夫ですよ。私が怒ってたのは冗談なので……」

「あぁ——そっか、良かった」

俺は小さく返事をすると、軽く息を吐いた。

不意に、記憶が蘇ってくる時がある。浮気をされたと思っていた時期は別れる直前の嫌な記憶しか湧いてこなかったのに、最近は楽しかった時の記憶が殆《ほとん》どだ。随分おめでたい脳みそだと、自分でも思う。

「先輩？」

「ん」

「良い景色ですね」

「そうだな。エモい」

「先輩からエモいなんて言葉が出るなんて、相当ですね」

志乃原はクスリと笑い、ゴンドラの窓縁に片膝をつく。

ガコン、ガコンと、俺たちの乗るゴンドラが不規則に揺れる。ガラス越しに夕陽《ゆうひ》が差し込むが、瞼を閉じたくなるほど眩《まぶ》しい光ではない。

包み込むような暖かさに微睡《まどろ》んでいると、不意に志乃原が口を開いた。

「先輩って、いつもどうやって人を好きになるんですか？」

「んー……自然とじゃねえかな」

「ほお、自然と」

「殆ど成り行きみたいなもんかな」

「なるほどー、まあそんなもんですよね。普通は」

志乃原は面白くなさそうに息を吐いた。

恋愛映画のように、何か劇的なきっかけがあったと言ってほしかったのだろうか。

生憎《あいにく》俺は道端でパンを咥《くわ》えた女子高生と出会い頭にぶつかったことはないし、精々チラシ配りのサンタにぶつかったくらいだ。……それも中々に劇的ではあるのだが、志乃原に恋をしている訳ではないからここでは除外しておく。

「そういえば先輩、この遊園地を訪れたカップルって別れちゃうらしいですよ」

「ぷはっ、懐かしいなその話」

天辺《てっぺん》に近付いてきたタイミングということもあり、俺は思わず吹き出した。

確かに高校の頃は、『ぽーらんど』はカップルが別れやすいデートコースだと揶揄《やゆ》されていた。

だが、俺たちはもう大学生。そんな噂《うわさ》話は、笑って捨て置くレベルに過ぎない。

「そういえば私、遊動《ゆうどう》先輩とここに来た次の週に別れました」

「俺も礼奈とここで遊んだ二ヶ月後に別れたな」

「……自分で行きたいって言っておいてなんですけど、縁起は良くないですね？」

そう言った志乃原の表情には陰りが窺《うかが》える。

そんな後輩の様子に、俺は肩を竦《すく》めた。

「そりゃ、カップルなんて大抵が別れるんだ。沢山カップルに利用されてれば、その分別れる総数も増えるだろ」

「そ、そうですよね。先輩良いこと言う！」

志乃原はたまに、こうしたゴシップ系の噂にも流されやすい節がある。あの恋愛番組を欠かさず観《み》てるのだから納得と言えば納得だが、ハッキリした性格ということもありチグハグな印象を受ける。

まあこの年齢で全てにハッキリできたら、苦労はないが。

「大学生だぜ、俺ら。別れたカップルは、単純に本人同士の問題だったってだけだろ」

「確かに、先輩と礼奈さんもそんな感じですしね」

「傷を抉《えぐ》るな、反省してるんだから」

タイムリーな冗談に、俺は苦笑いする。

だが志乃原は、思いの外真剣な声色で返事をした。

「この前も言いましたけど、反省の必要ってあるんですかね」

「え？　あるだろ普通に」

「ない……とは言い切れないですけど。でも変わる必要は、どうなんでしょう。ていうか、変わってほしくないんですよね」

「それ、さっきも言ってたな」

「あ、やっぱり聞こえてたんですね」

志乃原がぺろりと舌を出す。

恥ずかしそうな、そして僅かに悔恨の色が窺えた。

「なんでそう思うか訊《き》いていいか？」

「別に……そんな大そうな理由はないですけど」

俺はその言葉には返事をせず、じっと答えを待つ。

ゴンドラの小さな振動が、足元から伝わってくる。

志乃原は暫《しばら》く足をぷらぷらと揺らしていて、やがて小さく息を吸う音が聞こえた。

「ちょっと話題を変えましょう」

志乃原は気を取り直そうとしたのか、軽く咳払《せきばら》いを挟んで続けた。

「え、変えるのかよ」

俺は思わずそう言った。無理矢理《むりやり》話させるのは不本意なので言及はしたくないが、ここで話を終えるのはどうしてもむず痒《がゆ》くなってしまう。

「そんな顔しないでください、またいずれ言うので。今日は先輩に真剣に訊きたいこと、予《あらかじ》め決めてたんですよ。だからそっちを優先したいんです」

「俺のムズムズする気持ちはどこに持っていけば！」

「だーもう聞いてくださいよ！　私は先輩に、どうやったら異性を好きになれるのかを訊きたくて！」

「それさっき訊かれたけど」

「もうちょっと建設的な答えがほしいんですよー！」

志乃原はぶんぶんと腕を振ってから、言葉を続けた。

「先輩って、私のどこが好きですか？」

「はい⁉」

「その、人として！　人としてですよ！」

「ああ、なるほど」

俺は納得して、胸を撫《な》で下ろす。認めるのは癪《しゃく》だが、志乃原の問い掛けには首を縦に振らざるを得ない。そもそも好きでなければ、一週間の内に何日も家に上げはしない。

家は自分にとっての安寧の地だ。そこに好きでもない人が来ようとしても、俺は一日たりとも家に入ることを許さないだろう。

そんな事を考えていると、志乃原は不安になったかのように立ち上がった。

「さ、さすがに私のこと好きですよね⁉」

「当たり前だろ。そうじゃなきゃ家来ても締め出すっての」

そう答えると、志乃原は少し惚《ほう》けた後、座って口元を緩めた。

「素直じゃないんだからー」

「だいぶ素直に言ったんだけど。てか、こんな当たり前なこと訊きたかったのかよ」

「当たり前って、先輩。私たちの仲、結構深くなりましたね……嬉《うれ》しいです」

「うるせえアホ」

「アホ言うなー!!」

志乃原は身を乗り出して、両手で俺の太ももをバシバシと叩《たた》く。

いつもより力の加減が足りないのは気のせいだろうか。

仕方なく、俺は自分の考えを口にする。

「好きになるきっかけは会話が弾んだり、何となくビビッときた時が多いかな」

「全然参考にならないです、やり直してください」

……そうは言われても、嘘《うそ》を吐《つ》いても仕方ない。志乃原は何か自分に該当する感情がないかを模索しているのかもしれないが、偽物の答えはタメにならないだろう。

「悪いけど、きっかけはほんとにそんなもんだ」

俺は平たい声で言う。

すると、志乃原は何かを言いたげに口を動かしたが、やがて俯《うつむ》いた。

もしかすると、志乃原は本当に俺の答えに期待していたのかもしれない。

俺の答えで、自身の思考に変化が及ぶこと。自身の望む方向に、価値観が傾いていくことを。それ程恋をしたい理由が、俺には分からない。

確かに恋愛は自分の生活に嵌《はま》れば、日常をより彩ってくれる。しかしなければないで、独りでも生活を充実させることは充分可能だ。この現代社会には、そのための道具が数多く流通しているのだから。

「私、異性の人とこんなに深い仲になれたの初めてなんですよ。付き合った人はいますけど、ほんとの自分を出せてなかったっていうか——そもそも私、異性を恋愛的な意味で好きになったことないんですよね」

「小学校の頃の初恋は？」

「今の私が確立されたのは、もっと後になってからのことなので」

志乃原は「ずっと訊きたかったんですよ」と言って、おもむろに腰を上げた。

「普通の人は、すぐに恋愛する。異性の友達から、恋人に。知り合ってすぐ、恋人に。一体どんな心の動きが、人をそうさせてるのか知りたいんです」

志乃原は捲《まく》し立てるように言葉を並べて、ガバッと俺に近付いた。

反射的に避けようとすると、頭が志乃原の両腕に挟まれて、身動きが取れない。年下女子に壁ドンされるのは、男としてどうなんだという考えが浮かんだ。

「先輩。私に、恋を教えてください」

甘い吐息が、耳元に吹きかけられる。

息のかかったところがジンと熱くなるのが分かった。

「ち、近いって」

「……先輩は、ドキドキしないんですか？」

「してるよ。するだろ、誰でも」

「そうですか。私も……ドキドキしてるんですけど」

志乃原は自分の襟をキュッと摘《つま》んで、僅かに引っ張る。

年下ながら、確かな膨らみが視界の隅にチラリと映り、見ないように視線を上に向けようとしたが、志乃原が顔を近づけてそれを阻む。

「ここで質問です」

「な、なんだ」

「私のこのドキドキは、恋ですか。それとも、異性に身体を近づけた時に起こる、生理的な現象ですか」

「そんなこと――」

分かる訳がない。たとえ脳髄を覗《のぞ》ける能力があったとしても、それを読み解くことは困難を極めるに違いない。

　恋なんてものは自覚すれば恋だし、自覚しなければ恋ではない。そんな定義も何もない、曖昧な概念に過ぎない。

　恋という単語が聞こえの良い響きだから、広く使われているだけの話だ。

　それをハッキリさせるための行為なんて——

「キスをすれば、分かると思いますか？」

「バカ、絶対やめろ」

　俺は思わず、志乃原を凝視した。

　このデートは、あくまで仮交際の範疇《はんちゅう》。志乃原の言っていた結婚を視野に入れた仮交際ならいざ知らず、学生のそれでキスをするのはあり得ない。

　それに、仮交際を提案してきたのは礼奈だ。きっかけはあくまで、礼奈の提言。そこから始まった仮交際で、キスまで進んでしまっていい訳がない。

「私を見てくださいよ」

　志乃原との距離が、一層近くなる。

「礼奈さんに気遣ってるんですか？　私をここに送り出してる時点で、礼奈さんだってこうなる可能性は考慮しているはずですけど」

「違——」

「私を見てください」

　志乃原はそう言って、俺の首に腕を絡ませる。柔らかい感触が五感に伝わり、思わず息を呑む。

「今は、私だけを見てください。私のことだけ、考えてください」

「だから、待てって。俺はお前との関係が変わるのが嫌なんだよ」

　逃げの言葉に聞こえるだろうか。志乃原には取り繕った言葉より、本心を伝えたかった。だがこうしていざ言葉にしてみると、とても空虚な響きに思えてしまい、俺は唇を噛《か》み締めた。

「それは……それは、プラスに変わる時の話ですか。それとも」

「マイナスになる時の話だ。どうなるか、そんなの誰にも分からないだろ。保証がない。だから嫌なんだよ」

「私は、それでも——挑戦してみたいです」

「本気で言ってんのか？」

　俺は密着する身体を引き剝がそうと、志乃原の二の腕を摑《つか》む。力は込めていないが、俺の気持ちが伝わればという淡い期待を添えて。

俺の口調は硬かったが、眼前に迫る魅力に抗《あらが》うのには相当の気力を要した。少し手を伸ばせば、そこにある。きっと志乃原は、俺の手を受け入れる。

ゴンドラが人目につくまでの時間は、本能のまま行動しても許される。それが分かっていてなお本能的な衝動を抑えるのは、困難だった。

何とか理性の蓋で見ないようにしても、根源的な欲求は確かにあるのだ。

志乃原はそんな俺を暫く見つめていたが、やがて口元を緩めた。

「……そうですね、ちょっと先輩を試してみました」

そう言って、志乃原はおもむろに俺から離れた。

鼻腔《びこう》をくすぐっていた柔らかな香りが遠のいていく。

「確かに私にとって先輩は、もうそんな簡単に賭けられる存在じゃないです」

志乃原は向かいの席に座り直して、ガラス越しの景色を眺める。

俺はその様子に、心底安堵《あんど》した。

……今のは、危なかった。過去一番に危うかったと断言できる。

俺は今、間違いなく志乃原を異性として意識していた。

気持ちを落ち着かせようと、俺は窓の外へ視線を向ける。

気が付けばゴンドラは頂上を通り過ぎて、地面に降り始めていた。

降り注ぐ陽光は朱色に染まり、宵が迫っていることを明示している。

――不意に、夕焼けが揺れた。

振り向いた刹那、額に艶《なまめ》かしい感触が伝わってきた。

白い喉元が鼻先に触れて、状況への理解が遅延する。

伝わってくるのは、人の温かさ。志乃原から送られてくる信号が、額から身体中《からだじゅう》に染み渡っていく感覚。

本能が、このまま抱きしめろと言った。抱擁の後、温《ぬく》もりを確かめ合えと言っていた。

自分の身体が熱くなるのが分かる。

志乃原の柔らかい唇が額から離れてから、俺は数秒身動きが取れずに固まっていた。

永遠に感じられた時間は、終わってみれば泡沫《うたかた》のよう。

俺の表情を見て、志乃原は口角を上げた。

「……失敗しました。先輩、満更でもないんだ」

「お、お前……自分が何したのか――」

「分かってますよ。私、先輩のおでこにキスしました」

「そういうことじゃないんだよ」

「私たちの関係が変わりかねない行為を、ということですか」

先ほどの会話を、志乃原はなぞるように言った。

「先輩、きっと誰かに同じことを思ったことがあるんですよね。関係を変えようとするような、半端で無理やりな行動も……きっと先輩はもう体験してたんだ」

志乃原はポツリと呟《つぶや》いた。夕陽《ゆうひ》に照らされた横顔からは、表情を窺《うかが》うことはできない。

「だから私に、止まれ、止まれって言うんですよね。現状維持が、先輩の中の正解だったから」

その言葉で思い浮かんだのは、彩華《あやか》の存在だった。

考えてみれば今しがたの志乃原の行動——関係を変える可能性を秘めた行動は、温泉旅行の日にあった彩華のそれと全く同一のものだった。

つまりは、志乃原は俺との関係を真剣に想《おも》ってくれているのだ。仮交際をする前、確かめたいことがあると志乃原は言った。このキスで、志乃原は確認したかったのだ。

俺と志乃原の関係が更に深くなり得るという、その可能性を。

自惚《うぬぼ》れかもしれない。確実にとは言い切れないが、志乃原に人として好いてもらっていることは前々から感じている。

それが、かつての彩華が俺に取った行動と同一のものだとしたら。今の俺がその気持ちに対して持ち合わせている答えは、現状維持の四文字しかない。

志乃原の言った通り、俺の中の正解はそれしかない。

だが、本当は理解しているのだ。

俺の中の正解は全ての環境を好転させるような最適解ではなく、幸福な現状を引き延ばすための遁走《とんそう》に過ぎない。

俺にも判《わか》らないのだ。これほど急速に自分の中で膨れ上がっている存在の行く末なんて判らない。

俺は志乃原の問い掛けに自信を込められる答えなど、何一つ持ち合わせていないのだ。

——それでも、言えることは一つだけある。此処《ここ》で言うべきことが、一つだけ。

「俺はお前のことが、すげえ大切だって思ってる。この感情は、これからも変わらない」

ゴンドラが大きく揺れた。

揺れ動く視界の隅に、志乃原の瞳が潤んでいるような錯覚が映った。

ありふれた言葉だった。

誰もがどこかで耳にしたことのあるような、使い古された言葉だった。

それでも、志乃原は噛み締めるように俯《うつむ》いている。頭の中で今の言葉を反芻《はんすう》しているのが、俺には分かった。

志乃原が次に発した声は、心なしか掠《かす》れているようだった。

「なんで先輩は——私が欲しい言葉をくれるんですか」

「変わらないでくださいって、そうお前に言われたからだ」

俺の答えに、志乃原は目をパチクリとさせる。

観覧車の作動音が、大きくなった気がした。

この空間に訪れた何度目かの静寂。それを破ったのは、志乃原の笑い声だった。

「今の笑うところかよ」

俺が訊《き》くと、志乃原は可笑《おか》しそうに口角を上げる。

「だって、そんな元も子もない返事をされるとは」

「俺らしいだろ」

「はい、先輩らしいです。そういうところも、良いなって思います」

志乃原はこともなげに言うと、視線を外に向けた。

俺も釣られて窓越しに景色を眺めると、地面はすぐそこまで迫っていて、この非日常の時間が終わりを迎えたことを告げていた。

「後半の方、全然景色見てなかったですね」

志乃原はまた小さく笑ってから、腰を上げる。

スタッフが長棒で施錠を解いて扉を開くと、志乃原は軽快に地面に降り立った。

「先輩っ」

志乃原が俺に手を伸ばす。華奢《きゃしゃ》な手が、俺を今か今かと待っている。

「おう」

手を繋《つな》ぐと、温かい体温が伝わった。先ほどとは違い、安心感を抱かせるような温もりだった。

標識に導かれるまま広場へと躍り出ると、志乃原はすっきりしたような声を出した。

「これで、仮交際はお終《しま》いでいいです」

志乃原の言葉に、俺は「そうか」と一言返す。

意外ではなかった。

志乃原は当初、仮交際の期間を一週間と希望していたが、この観覧車で心境の変化があったのだろう。

「私のことを大切に思う気持ちは変わらない。それを聞けただけで、仮交際の価値はありました。ふふ、先輩私のこと大切なんだ」

明け透けな言葉に気恥ずかしくなり、俺は誤魔化《ごまか》すように鼻を鳴らす。

「うっせーよ」

「もう、なんで急に塩対応なんですか！」

志乃原は頬《ほお》を膨らませて、俺の腕をペチンと叩《たた》いた。繋いだ手を解《ほど》く際、名残惜しそうな表情が浮かんだのは気のせいだろうか。

「じゃあ、先輩、最後に。今から家に帰るまで、私のことを名前で呼んでください。女の子はお前って呼ばれてもあんまり喜ばないですよ」

それを聞いて、俺は思わず足を止めた。

「えっ俺今まで結構お前って呼んじゃってたよな」

「先輩なら、いつもは大丈夫なんですけどね。でも今の私ってまだ彼女ですから、彼氏には名前で呼ばれたいじゃないですか。最後なんで、一回だけでも」

「そ、そうか。確かに、それは全く考えてなかったな」

「はい、先輩。それでは、どうぞ」

志乃原は少し歩を進めて、俺の眼前でクルリと向き直った。

口角を上げて、俺の言葉を愉《たの》しそうに待っている。

「……そう改まられると、言いにくいんだけど」

「はい、どうぞ」

返事とともにニッコリとされて、俺は諦めて覚悟を決めた。

名前を言うため、口を開く。その二文字を口にするまでに、長いような、それでいてあっという間のような時間が経《た》った。

「……真由《まゆ》」

たった二文字の言の葉は、思っていたより気恥ずかしい。

俺は居た堪《たま》れなくなり、顔を逸《そ》らす。

すると、胸をチョンと触られた。

「はい。悠太《ゆうた》先輩に懐いている、志乃原真由です」

小悪魔な後輩は、屈託のない笑顔で俺を見上げている。

この上目遣いに心を奪われそうになったのは、初めてだった。

不意に吹き抜けた春疾風《はるはやて》が、心に帯びた熱を夕空に攫《さら》っていく。

……今の思考は、本人には言えないな。

俺は息を一つ吐いてから、後輩を追い越し、足を進めた。

観覧車は、廻《まわ》り続ける。

第10話　謝罪　～彩華side～

大学の校門前に、彼女は佇《たたず》んでいた。

髪は美麗なアッシュグレーに染め上げて、煌《きら》びやかさと落ち着いた雰囲気を併せ持っている女子大生。

そんな希少価値の高い女子大生と付き合っていたなんて、あいつも中々侮れない。

そんなことを考えながら、私は彼女に声を掛ける。

「こんにちは、礼奈《れいな》さん」

礼奈さんはピクリと反応し顔を上げ、そして目を大きく見開いた。

「美濃《みの》……彩華《あやか》さん」

「なんでフルネーム？」

私はそう言って、苦笑いをしてみせる。

場を和ませようと浮かべた笑みは上手《うま》くいかなかったみたいで、自分の表情がぎこちないのが分かる。

相坂《あいさか》礼奈さんはそんな私に何を思ったのか、唇をキュッと結んだ。

「何の用？」

「分かってたことだけど、やっぱり私嫌われてるのね。そりゃそうか」

思わず、私は溜息《ためいき》を吐《つ》いた。

今日礼奈さんに会いに来た目的は、たった一つ。できれば、人目のない場所へ移動したい。

でもそれを礼奈さんが拒否するなら、ここで目的を遂げるしかない。

「礼奈さん、場所移動できるかな」

「駄目だよ。私、友達と約束あるから」

「那月《なつき》との約束でしょ。あれ、嘘《うそ》なの」

「……なんで那月のこと知ってるの？」

礼奈さんは今度こそ眉を顰《ひそ》めて、不快感を表情に出した。

自分のコミュニティへ勝手に侵入されたら、不快に思うのは当然だ。でも那月は、私の友達でもある。

以前あいつから那月が礼奈さんと繋がっていることを聞いてから、礼奈さんに会うなら那月を経由すると決めていた。

できれば今からする行動は、あいつには知られたくない。

「那月は、私と同じサークルなの。バレンタインパーティの時、礼奈さんも那月を経由してあいつに会いにきたでしょ。それと同じことだよ」

そう言うと、礼奈さんはほんの少し俯いた。

……ちょっと意地悪な言い方だったかな。

自覚して反省したけど、まだそれを態度には出したくない。

「それで、何の用事？　ここで話して」

なるべく人通りの少ない校門を指定していたのは、こういう時のためだ。それでも、誰かに見られる可能性は十二分にある。

——仕方ないか、私が悪いんだし。

私は覚悟を決めて、頭を下げた。耳にかけていた髪が外れて、毛先が地面に大きく近付く。

「謝っておきたくて。ごめんなさい。事情も知らないで、偉そうに色んなこと言ってしまって」

頭上から、礼奈さんの小さく息を呑《の》む気配がした。

本当に、礼奈さんには高圧的な態度を取ってしまった。

そんな態度で礼奈さんに接したのは、あいつのため。……当時はそう思い込もうとしていた。あいつも私の行動を同じように解釈したからこそ、私の言葉遣いに殆《ほとん》ど口を挟まなかったんだと思う。

でも、今思い返せば多分違ったんだ。

私はきっと、礼奈さんがあいつの隣にいたという事実が、その事実があるにも拘《かかわ》らずあっさりと別れたことが、堪《たま》らなく嫌だっただけ。

自分の——親友が、苦しんでいるから腹が立った訳じゃない。ただ私が嫌だったという、自分本位の思考回路。それを自覚してしまって、更には浮気が殆ど冤罪《えんざい》に近いものだと知ってしまったら、謝罪なしで事を水に流すのなんて、私にはできない。

数秒間の沈黙の後、礼奈さんの静かな声が、上から降った。

「楽になるために謝るのはやめてよ」

「え？」

私は思わず顔を上げた。礼奈さんは硬い表情で、こちらを見下ろしている。

「彩華さん。今、何のために謝ってるの？　この謝罪って、私のため？　絶対違うよね」

思わず私は反論しようと口を開く。でも、言葉は出てこない。

だって礼奈さんの言葉は、今しがたの私の思考を見透かしたものだったから。

「悠太《ゆうた》くんが、彩華さんと特別仲良いのは知ってるよ。私が彼女だった時も、できるだけあなた達の関係は尊重したかった」

礼奈さんはそう漏らすと、溜《た》まっていたものを吐き出すかのように言葉を連ねていく。

「でも——でも、本当はこんなこと言いたくないし、情けないけど。ちょっとは気遣ってほしかった」

その言葉に、私は視線を下げる。今までの行動に罪悪感が皆無といったら嘘になる。でも、私が礼奈さんのために行動する義理はどこにもないと思っているのも事実。当時は一般常識としての最低限のラインを、守っていたつもりだ。

「……あいつが礼奈さんと付き合ってる時は、なるべく二人で出掛けないようにしていたわ」

「そっか。……うん、彩華さんが言うならそうなんだろうね。悠太くんが彩華さんを話に出す時は、その数少ない事例の一つだったと思うし」

礼奈さんはそう言ってから、校門の近くにあるベンチへと歩いていく。私も彼女の三歩後ろについていき、礼奈さんの隣に腰を下ろした。

「ごめんね。私今、彩華さんにあたっちゃった」

「……あたられても、仕方ないことはしてるから」

「そうかな。こんなの、ありふれた話じゃない？　まあ、当事者になるとは思わなかったけどさ」

礼奈さんはそう言って、眉を下げた。

幸い今しがたのやり取りの際は、人っ子一人通らなかった。ベンチに座ってからは数人行き交っているので、奇跡的だ。

通り掛かった男子グループが、こちらを見てからヒソヒソと話をしている。私たち二人が並んでいることに、何かしらの感情を抑えられていないのだろう。「どっちが」なんて断片的な単語が聞こえてきて、大体の内容は察してしまう。

「男子ってさ、可愛《かわい》いよね」

唐突に横から聞こえた呟《つぶや》きに、私はちょっと驚いた。

「え、どこが？」

私が訊《き》くと、礼奈さんは目をパチクリとさせる。

そして小首を傾《かし》げて、思案する仕草をみせた。

「どこ……どこが。うーん、言葉にはし辛《づら》いけど……純粋なところ？」

「……今通り掛かった人たちを見てそう思ったなら、多分認識違いよ。さっきの男たちは大方、どっちが可愛いと思う？　みたいな会話してたんだろうし」

「可愛いじゃん。その会話を私たちが見える範囲でしちゃうところとか」

「礼奈さんはそう思うんだ。凄《すご》いね、私はあれ結構苦手なんだ」

さっきの男子たちの会話は、どこにでもありふれたものだ。そしてその会話は時に人を陥れるものへと変貌することを、私は知っている。

高校時代私を嵌《は》めようとした男子、榊下《さかきした》のグループは、みんな先程通り掛かった人たちを少し歪《ゆが》めたような人種だった。でも、最初からそうだった訳じゃない。心が通じ合った時間も、間違いなく存在していた。それが皆《み》んな時間を掛けて変移して、そのことへの自覚もない。

だから、誰でも——榊下のような人種になり得てしまう。

それを身をもって体感している私は、先程通り掛かったような人たちを好きにはなれない。男子のことを、心底信用するのは難しい。

勿論《もちろん》この年齢になれば、皆んな大人になっているし、ある程度までなら信頼できる。だから私は幅広いコミュニティに身を投じて、色んなところから刺激を貰《もら》える環境を作っている。

でもやっぱり、私が心底信頼できる異性は一人だけ。

四面楚歌《しめんそか》になっても、心は私の味方でいてくれて。心で想《おも》うだけじゃなく、最後は自分の積み上げてきた人間関係を顧みずに私を助けようとしてくれた。

一度周りに流されかけたところで戻ってきてくれたから、余計に信頼できる。中学時代と、高校時代。私の身近には裏切り、裏切られは付き物で、本当に億劫《おっくう》な環境だった。そんな時代で見つけた信頼できる人と長い時間を共にしたいと思う気持ちは、間違っているんだろうか。

――でも、この考え方が自分本位なんだよね。

本当は分かってる。

礼奈さんの立場からすれば、私たちの背景なんてどうでもいい。あるのは自分の彼氏が他の女にやたらと好意を向けているという、認め難《がた》い実情だけ。

それを分かっていたのにあいつとの日常を減らすことへ積極的になれなかった時点で、私もまたどうしようもなく歪んでいたんだ。

「……彩華さんが悠太くんと仲良い理由、何となくだけど知ってるよ。私はそこを考慮できるほど大人になれなかった。どうしても、嫉妬しちゃった」

礼奈さんが静かに言った。

「悠太くんね、すごい仲良い後輩がいるの。多分異性の中で、今一番仲良い人」

志乃原《しのはら》さんのことだと、すぐに分かった。今のあいつと、最も親密な異性。

でも礼奈さんは、私が志乃原さんと面識があることを知らない。

私は話を中断させないために、「そうなんだ」と一旦流す。

「私ね、悠太くんにその子と一度付き合ってみてって頼んだの」

息が詰まりそうになって、思わず咳《せ》き込《こ》んだ。

志乃原さんと邂逅《かいこう》したのは、つい先日のこと。何かしらの事情があって二人で出掛けていたことは、あいつの顔を見ればすぐに分かった。だけどその事情に礼奈さんが絡んでいること、そしてあれが本当のデートだったということはかなり衝撃的だ。

「ごめんね。彩華さんにとったら、嫌だよね」

「別に——私にあいつを縛る権利はないから」

そう、私にあいつを縛る権利なんてどこにもない。だからハナからそういうことを考えない。

礼奈さんは私の反応に僅かに目を細めたけれど、言及することなく視線を逸《そ》らす。

礼奈さんの視線の先には、生き生きとした緑葉を拵《こしら》えた木々が立ち並んでいたけれど、今はその景観を楽しむ気には到底なれない。

「失敗したなーって思った」

「え？」

私が訊き返すと、礼奈さんが髪をかき上げた。それがこれまでの記憶で覚えがないくらい上品な仕草に見えて、変なところで女子大ブランドを感じ取ってしまう。

「私ね。悠太くんが別の女子と付き合ったら——戻ってきてくれるかなって、思ったの。ネットで調べたらね、違う女子と付き合った時が一番元カノとのことを思い出すんだって。一度元カノと行ったことのある場所だと、更に効果は大きいらしくて」

礼奈さんは自分の靴に付着した汚れを手で払いながら、どこか自嘲的にも思える声色で続ける。

「デートするなら、悠太くんはきっと私と一度行ったことのある場所に行く。この辺のデートスポットは、大抵は網羅してたから」

私は汚れが見えなくなっても尚《なお》靴を払い続ける礼奈さんの姿に、下唇を噛《か》み締める。

礼奈さんは、本当にあいつのことが好きなんだ。

その時間を、私は。

「でも私、勘違いしてた。悠太くんって、ドライに見えて、しっかりと人情に厚く——そう見えて、実は結構ドライな部分もあるから。きっと悠太くんの心をもう一度動かすのは、難しい」

あいつから礼奈さんとの事情を伝えられても、今日まで私は特段罪悪感に苛《さいな》まれることはなかった。

後悔しても仕方ないじゃないか。少なからずあいつが彼女持ちになったことでの気遣いはしたし、最低限のラインさえ守っていれば、あとは自分を優先してもいいじゃないか。

そう思っていた。

でも——でも。

礼奈さんを間近に感じてしまった今、何もせずにいるのは……どうしても、心苦しい。

こんな殊勝な考え方が、まだ私に残っていたなんて。

「私が……協力してあげるって言ったら？」

気付けば、無意識のうちに言っていた。

礼奈さんは、驚いたように目を見開く。

最低限の償い。私なら、あいつの心を上手《うま》く誘導できる。

「……そんな表情してる人に、頼れないよ」

その言葉が耳に届いた瞬間、私は自分がどういう顔をしているのかが判《わか》らず、反射的に顔を手で覆った。

何故《なぜ》かは判らない。

私は、目頭に熱いものが込み上げてきているのを感じた。

「意外と、弱いところもあるんだね」

なんかホッとしたよ、という礼奈さんの柔和な声色が耳朶《じだ》に響く。

弱っている人間に刺さるような、包容力。

——あいつ、良い彼女と付き合ってたんだな。

笑いと涙が、同時に溢《あふ》れた。

エピローグ

「悠太《ゆうた》くん、仮交際の一週間はどうだった？」

大学の講義が終わってからの帰り道。俺は礼奈《れいな》と共に、帰路についている。

俺は夕陽《ゆうひ》を背中に浴びながら、先週のことを想起した。

「一日で終わったから、今はもう元通りだぞ」

俺が質問に答えると、礼奈は「えっ」と驚きの声を漏らした。

礼奈にとって、予想外の答えだったようだ。

「も、もう終わってたの？」

「ああ、短いもんだったよ」

「……一週間くらい掛かると思ってた。真由《まゆ》ちゃんと喧嘩《けんか》でもした？」

「してねえよ。単純に、あいつが一日で色々と満足したんだろ」

俺の言葉に、礼奈は思い迷ったように首を傾《かし》げる。

仮交際が一日で終わったのは、志乃原《しのはら》の目的が一日で達成されたから。気になっている事柄を確認するために仮交際をして、事をその日のうちに済ませてしまう。

仮交際の日は、志乃原らしい、行動力が具現化したような一日だった。

「満足……か。そっか」

「勘違いされたら嫌だから一応言っとくけど、何もしてねえからな」

そう言うと、礼奈の歩くペースが急激に遅くなる。

仕方なくペースを合わせると、礼奈は俺を見つめた後、フイと顔を逸《そ》らした。

「そこを心配してた訳じゃないもん」

「そっか。ならいいけど」

誤解が那月《なつき》に伝われば、また怜悧《れいり》な言葉を浴びせられかねない。那月のそれは大抵が建設的な内容なので、時折ならばありがたいのだが、やはりなるべくその事態は避けたいと思うのが正直なところだ。誰だって、この年齢になって怒られたくはない。

「ごめんね、私の我儘《わがまま》で仮交際なんて」

「別にいいよ、いつもと変わらなかったしな」

「あと、もう一つごめんなさい。このこと、彩華《あやか》さんに話しちゃった」

一瞬礼奈の言ってる意味が分からず、歩を進めようとしていた足がピタリと止まる。

　そしてゆっくりと足を地面につけると、やっと理解が追いついてきた。

「仮交際のこともそうだけど。彩華と会ったのか」

「うん。……謝ってくれたの。以前会った時、偉そうなこと言っちゃったって」

「そうか。――あいつらしいな」

　桜が散り始める季節の頃、彩華は電話先で『謝らないとね』と言っていた。その時は俺も一緒に行くつもりだったが、彩華は一人で礼奈に会うことを選んだということだ。

「彩華さんね。悠太くんが思ってるより、責任感じてると思う。悠太くんの前ではいつも通りかもしれないけど」

「え？」

「……もう一度は言わないもん。塩は送りたくないし」

「いやごめん、内容は全部聞こえてたぞ」

「じゃあ何で訊き返したのっ」

　礼奈はジト目でこちらを見上げる。

　普段の澄ました様子からは想像もできないくらいの表情だが、俺はそれを知っている。見るのは随分久しぶりで、懐かしい気持ちにもなった。

「俺が悪いんだぞ、念のため。あいつは、俺と二人で出掛けることを基本的に嫌がってたから」

礼奈は目を瞬かせて俯《うつむ》く。

そして、眼下にあった小石をつま先で道路脇へと転がした。

「……そっか。やっぱり、そうなんだ」

柔和な声色の裏に、何か別の感情が入り混じっている。

だがそれについては深く思案しない方がいいと、本能が言った。

「じゃあ私、今からバイトだから」

「おう。頑張れよ」

「ありがとっ」

礼奈はニッコリと笑って、横断歩道を渡っていく。歩道に辿《たど》り着くと、くるりとこちらに向き直り、小さく手を振ってきた。

俺が手を挙げて応えると、今度こそ礼奈は駅の方へと歩いて行く。

橙色《だいだいいろ》に染められた背中を見送った後、俺はふと辺りを見渡した。

そういえば、礼奈が他の男と歩いていたのもこの道沿いだった。

数週間前までは、もう礼奈と喋《しゃべ》る機会は無くなるものだろうと思っていた。この短期間で、また俺に近しい人間関係が変移したのだ。

クラス替えがある訳でもないのに、こうも頻繁に関係性が変化する。これが異性との人間関係の特徴なのかもしれない。

そんなことを思案していた自分に驚き、俺は小石を軽く蹴飛ばした。どうやら志乃原の恋愛トークにあてられたらしい。

自宅が見えると、俺は思わず口角を上げた。変化し続けるのが、人間関係の難しさであり、同時に魅力でもある。

——そして、変わらないものもまた魅力なのだ。

古びたアパートの二階の廊下から、小悪魔な後輩がこちらに手を振っている。

「先輩ー！　私に鍵渡すの忘れてますよ、おかげで五分も待ちました！」

「大して待ってねえじゃねえか。あといつも合鍵渡してるみたいな言い方やめろ！」

ポケットからキーケースを取り出しながら、軋《きし》む階段を一段ずつ上がっていく。

雪豹《ゆきひょう》のキーホルダーを手に取り、いつものように鍵を開ける。

背中に浴びる夕陽の熱は、一向に衰える気配がない。

本当にもうすぐ梅雨になるのだろうかと思いながら、俺は自宅への敷居を跨《また》いだ。

いつものように、真由を連れて。

桜の匂いは、もうとっくに香らない。

あとがき

この度も本作を手に取っていただき、誠にありがとうございます。御宮《おみや》ゆうです。また読者の皆様にこうしてご挨拶できることがとても嬉《うれ》しいです。

カノうわシリーズもついに四巻目に到達し、一巻執筆時から思い描いていた構想を順調に消化しています。このあとがきを書いている現時点で、本シリーズは五回の重版をさせていただき、更にコミカライズまで決まりました。皆様の温かい応援に感謝する日々です。

さて、第四巻はいかがでしたか。四巻目ともなると、皆様の中に好きなヒロイン、サブキャラなどはできているのでしょうか。メインヒロインが三人存在する本作では一推しという存在が出てくるのが自明ですが、作者に届いてくる感想をみると三等分に近いような気がします。各ヒロインそれぞれに多くのエピソードを用意していましたが、真由《まゆ》の過去エピソードをようやくお届けできました。皆様にも楽しんでいただけていますように。五巻目を出すことが叶《かな》えば、温めてきた大きなエピソードを書きたいなと思います。

ここからは謝辞になります。

担当編集のK様。今回も本当に伸び伸び書けました。また、内容のご相談をしている際に新たな描写を思い付くなど、担当編集さんとのコミュニケーションの大切さが身に染みました。これからも宜《よろ》しくお願い致します。

イラストのえーる先生。美麗なイラストが届く度に嬉しくって嬉しくって。ライトノベルを書いて良かったと思う瞬間の一つです。読者の方々からも大好評です。

校閲担当者様。本シリーズも四巻目ですが、毎度本当に助かっています。色んなご指摘一つ一つが、本当にありがたいです。

営業担当者様。いつも本シリーズを盛り上げる為《ため》に頭を捻《ひね》ってくださって、心強いです。一時期西宮《にしのみや》に住まれてたんですね。西宮は私の故郷なので、勝手に親近感を覚えています。

最後に、読者の皆様。カノうわシリーズが重版、コミカライズなどができるのは皆様の応援のお陰です。数多くの口コミが、カノうわの新たな展開の後押しになっています。

五巻刊行の為に、これからもどうぞ宜しくお願い致します。レビューやツイートなどの口コミが、本シリーズを更に盛り上げてくれるかと思います！

第四巻も特定の店舗にて数量限定で特典ＳＳが用意されていますので、ご興味ある方はぜひ。

それでは、失礼します。四回目のあとがきが書けたことに、最大限の感謝を。

御宮ゆう

カノジョに浮気《うわき》されていた俺《おれ》が、小悪魔《こあくま》な後輩《こうはい》に懐《なつ》かれています4

著　御宮《おみや》ゆう

角川スニーカー文庫　22690

2021年6月1日　初版発行

発行者　青柳昌行

発　行　株式会社KADOKAWA
〒102-8177 東京都千代田区富士見2-13-3
電話　0570-002-301（ナビダイヤル）

印刷所　株式会社暁印刷
製本所　株式会社ビルディング・ブックセンター

◇◇◇

●お問い合わせ
https://www.kadokawa.co.jp/（「お問い合わせ」へお進みください）
※内容によっては、お答えできない場合があります。
※サポートは日本国内のみとさせていただきます。
※Japanese text only

Printed in Japan　ISBN 978-4-04-111217-5　C0193

★ご意見、ご感想をお送りください★

〒102-8177 東京都千代田区富士見 2-13-3
株式会社KADOKAWA　角川スニーカー文庫編集部気付
「御宮ゆう」先生
「えーる」先生

［スニーカー文庫公式サイト］ザ・スニーカーWEB　https://sneakerbunko.jp/